谭可敏 著

潮水无涯

我在财政这八年

国文出版社

·北京·

图书在版编目（CIP）数据

激水无涯：我在财政这八年 / 谭可敏著. -- 北京：国文出版社有限责任公司, 2024. -- ISBN 978-7-5125-1638-0

I. I25

中国国家版本馆 CIP 数据核字第 20247ZH081 号

激水无涯——我在财政这八年

作　　者	谭可敏
责任编辑	侯娟雅
责任校对	于慧晶
出版发行	国文出版社
经　　销	全国新华书店
印　　刷	文畅阁印刷有限公司
开　　本	710 毫米×1000 毫米　　16 开 13.25 印张　　　　　　　208 千字
版　　次	2024 年 7 月第 1 版 2024 年 7 月第 1 次印刷
书　　号	ISBN 978-7-5125-1638-0
定　　价	69.00 元

国文出版社

北京市朝阳区东土城路乙 9 号　　邮编：100013
总编室：（010）64270995　　　　传真：（010）64270995
销售热线：（010）64271187
传　真：（010）64271187-800
E-mail: icpc@95777.sina.net

序

时光走笔，岁月成章。

有些印记一辈子都抹不去。事后深谙，那竟是真实的人生。作为老财政人，我对财政素有一种特别的亲切感。刚从副市长岗位退下来的谭可敏同志前来找我，捧着一叠散发着墨香的书稿，托我作序。我无法推托，便应承下来。

诗赋山水，碑刻名胜。山赋千年之气韵，水续万世之延绵。古人常把水比作财运，于是有"见水发财，遇水有财，观水进财，亲水抱财"之说。现在，人们也把财政工作比作水的工作，我深以为然。聚财犹如针挑土，散财恰似水冲沙。财理得好不好，牵系一方发展，关乎万民生计。"戴花要戴大红花，骑马要骑千里马"，财政局局长处在风口浪尖，如坐针毡，如履薄冰，当不得太平官、缩头官、平庸官。宵衣旰食，夙夜在公，还要时时警钟长鸣，不为私心所扰，不为人情所困，不为关系所累，不为利益所惑，铁骨铮铮，担苦、担难、担重；胸襟灼灼，担责、担险。没想到可敏同志气定神闲，竟在这个岗位一待就是八年。八年的时光，说短不短，说长也短。这八年，正是可敏同志使命高擎、澄发励志、振臂兴举的八年。他以归零的心态，吐故纳新，破天花板；以闭环的思维，慎终如始，破老观念；以无我的精神，合力成流，竟把财政工作干得点上开花、线上结果、面上出彩、步步莲花，既有"烟霞气"，又有"烟火味"。我时不时地从各级领导和群众那里听到他们对他的夸赞，也在大小会议上听到财政工作的"株洲经验"。

云水苍苍，无问西东；人淡如菊，落花无言。也正是这八年，让素有文学情结，当过县长、县委书记、副市长的可敏同志，在工作和生活中可能有辣味、有苦味、有酸味、有咸味、有甜味，五味杂陈，百感交集。因而以水为题，洋洋洒洒，酣畅淋漓，把自己八年的所思所想、所作所为结而为集，立此存照，面呈于世。这本谈工作也谈人生、谈经验也谈教训、谈做法也谈技巧的作品，像宏大叙事的文化散文，像万家灯火的精彩文本，静水微澜，仿佛折叠的时光，读起来芬芳涌动，花放慧香，直达内心，温馨无限。

"人生万事须自为，跬步江山即寥廓"。进，固然欢喜，却不沾沾自喜；退，纵有遗憾，却不绵绵抱憾。击水中流，足显勇毅；回归淡然，更显洒脱。送一句"但令四海歌升平，我在甘州贫亦乐"，在此与可敏共勉。

是为序！

李友志

2023 年 12 月 1 日

李友志　湖南省原副省长。

目 录

序 / 1

第一章 中流击水

第一节 肩负新的使命 / 002

第二节 我认知的财政 / 006

第三节 我的"就职演说" / 011

第二章 源头活水

第一节 培源——舍得一把票子 / 027

第二节 收入——做大一只盘子 / 030

第三节 支出——把好一个口子 / 037

第四节 监管——卡严一把尺子 / 044

第五节 改革——善用一把斧子 / 051

第三章 上善若水

第一节 忧人之忧 / 065

第二节 急人之急 / 067

第三节 助人之需 / 069

第四节 帮人之难 / 072

第五节 解人之困 / 076

第六节 成人之美 / 079

第四章 裁云剪水

第一节　走上门、多沟通、少花钱 / 085
第二节　多调研、花好钱、求实效 / 087
第三节　不给钱、说好话、给面子 / 088
第四节　迈小步、不停步、有进步 / 090
第五节　霸得蛮、耐得烦、怄得气 / 091
第六节　讲诚信、留空间、促发展 / 094
第七节　看轻重、视缓急、分先后 / 096
第八节　履好职、不失职、从天职 / 099
第九节　都要听、都说好、看着办 / 101
第十节　不贪功、多担责、顾大局 / 102

第五章 乘高决水

第一节　关怀——奋发的勇气 / 105
第二节　信任——前行的底气 / 113
第三节　团结——向上的朝气 / 116
第四节　荣誉——进取的锐气 / 123

第六章 楼台近水

第一节　媒体关注给力 / 128
第二节　团队同心协力 / 156
第三节　组织嘉勉鼓力 / 194

跋一 / 197

跋二 / 201

第一章　中流击水

曾记否,到中流击水,浪遏飞舟?

——毛泽东

"曾记否,到中流击水,浪遏飞舟?"这是毛泽东主席在《沁园春·长沙》中的诗句。用白话文来说就是:可曾记得,那时,我们在水深流急的湘江游泳,激起的浪花几乎阻挡了疾驰而来的船只?诗词抒发了毛泽东主席的情思,是毛主席激励自己,更是激励一切革命者,应该具有蓬勃朝气、激流勇进、搏击风浪、做革命中流砥柱的伟大情怀。

开篇引用毛泽东主席充满英雄浪漫主义的诗句,我并不是想要表达自己有敢于"到中流击水"的拼搏勇气,也不是想要表达自己"浪遏飞舟"的浪漫激情,而只是想说,作为"国家治理的基础和重要支柱"的财政部门,是社会高度聚焦的地方,所谓"千万双手伸向财政,千万双眼睛盯着财政,千万张嘴议论着财政",财政工作的重要性、复杂性和挑战性,如同在汹涌澎湃、水深流急的江河中游泳,风险大、责任重。可自己却是个人到中年的"旱鸭子",组织把财政局局长这么重要的岗位交给我,我确实感到压力很大,生怕有所闪失,辜负了组织的期望。但伟人写辉煌历史,凡人写无悔人生。我虽无"中流击水,浪遏飞舟"的豪情壮志,却也深知天道酬勤和勤能补拙的道理,相信只要自己真诚付出更多的心血,就一定能在财政这段"中流"里激流勇进，奋力击水，荡起朵朵不俗的浪花，书写一段无悔的人生。

第一节　肩负新的使命

我压根儿没想到会去财政这个人们看来"位高权重"的部门工作。我自认为身上也找不到能当财政局局长的一星半点的潜质，但偏偏就与财政结上了缘。

那是2007年10月，在炎陵县县长任上的我，接到要去市财政局任职的通知后，既感意外，又有些不知所措。而知道了我要去财政局任职消息的老朋友、老同事却纷纷打来电话表示祝贺。他们并不知我内心的纠结。然而，组织的决定由不得自己彷徨，必须服从。当然，不敢挑战自我，也不符合我的性格。

不过，我没弄明白，组织为什么让我这个从没接触过财政业务的人来任财政局任主要领导。直到后来，在茶余饭后谈论这一话题时，有人给了我一些似是而非的答案。

一次，一位退休的老领导给我讲了这么一个故事。某局原局长履新后，要选拔一名继任者。当时，组织决定就在局内选拔。人选有两个：一个是非常熟悉业务、长期在该单位工作的同志，一个是从外单位调来的在该局工作的同志。组织经过反复考察，最后决定让后者当了局长。而最终让组织做出该决定的理由是：后者协调能力、大局意识强一些；前者尽管业务能力强，但如何跳出本单位业务看全局却有所欠缺。最后安排去另一个业务局当了局长。

又一次，朋友们在一起谈论起这个话题时，他们给了我如此意味深长的评价——"草根本色，将帅风格"，认为这是我走上财政局局长岗位的一大因素。我觉得前句颇为得体，后一句有谬赞之意，但无论咋说，我觉得这些话都还有些道理。

我的"草根本色"源自我的出身与经历。

20世纪60年代初，也就是国家三年困难时期，我出生在茶陵农村。父亲是林业部门的基层领导，母亲在农村幼儿园工作。人家开我玩笑

第一章　中流击水

说，不是你母亲在幼儿园工作，哪会有你的出生呢？这话还真有些道理，因为那时闹饥荒啊。但据说幼儿园的保障还是比较好的。自记事起，我就经历并懂得了生活的艰难。

我有兄弟姐妹七个，上有一个哥哥，下有一个弟弟和四个妹妹。排行老二的我，在我12岁时，父母给我添了最小的双胞胎妹妹。家里还有70多岁的爷爷，加上父母，十口之家，仅凭父亲微薄的工资来维持全家的生计。母亲身体不太好，还要带着我们这么多孩子，所以也挣不到多少工分，那种窘态可想而知。不得已，父亲卖掉当时很时尚的手表、单车，哥哥初中毕业就辍了学，不到18岁就被照顾招工，当了一名林业工人。

那时农村都很穷。我记得生产队一个壮劳力，一个工作日记10分工分。10工分就值3毛钱。最富有劳动力的家庭年末分红扣除购粮款外，也不到300元钱。比起我们这样的"四属户"（也就是俗称的"半边户"）家庭，资金也活泛不到哪里去。我现在想想才明白，那时为什么还经常有人到我家借个块儿八毛的去买盐买油，因为父亲和哥哥每月都按时发工资，"现金流"还可以啊。

我是恢复高考后的第一届应届毕业生，严重偏科的我因数学成绩太差而落榜。说起偏科的事还是有很多故事的，这里就不赘述了。高考落榜后，我尽管很沮丧，但没有怨天尤人的理由，只得回家种田。在农村，我待了四年多。其间，我学会了犁田、耙田、插秧、割禾等各种农活，参加过大型水利工程建设，打过零工，当过代课教师、生产队会计、大队团支部书记。

1982年冬，我迎来了人生的一大转折。湘潭地区退休干部补员，面向农村基层干部公开招考国家干部，其中茶陵有8名指标。当时，作为大队团支部书记的我，正带领本村民工参加茶陵县政府组织的东坑水库大坝外堤维修大会战。接到通知的我原本不打算参加考试，因为公社带队领导建议我不要去参加考试，并分析说，名额太少，难度太大，不确定因素太多。我认为领导分析得有道理，加上自己又没有复习，考也是陪考。犹豫之时，母亲托人来到百里之外的建设工地，叫我回去参加考试，并带口信说："考不上没关系，只要知道考什么，下次有机会参加考试心里就有底。"真是知子莫若母，母亲没什么文化，但她以特有的母爱和远见，用一句朴素的话语让我开了窍，也因此改变了我的命运、我的人生。经过茶陵组织的筛考，再经湘潭地区人社局组织的正式考试，我如愿以偿地被录用为国家干部。又经过在湘潭地委党校四个多月的学习培训后，于1983年7月到尧水公社正式上班。先后任公社民政助理员、乡党委秘书。这两个职务让我有机会更深层次地熟悉农村、农业和农民。作为一名来自农村的基层干部，我十分珍惜这份来之不易的工作。低层次的学历和工作在最基层的现实，不仅没影响我的工作热情，反而更激发了我如饥似渴学习、奋发努力工作的进取精神。1985年5月，在全县秘书工作培训会上，领导要我介绍搞好秘书工作的经验，我说了一句让大家哄堂大笑的实话："我搞好工作的原动力，不是为了受表扬，而是为了不挨批评。"因工作比较出色，1985年，我被抽调到县政府工作，并于1986年初被正式调到县政府办公室担任县长下乡秘书，1990年被调到县委任副科级常委秘书。

1991年6月，我开始了自己从政以来的第一个基层领导职务：担任茶陵县潞水乡党委书记。接下来我又先后担任过茶陵县思聪乡党委书记、株洲市南区政府办主任、荷塘区委办主任、市委副处级常委秘书、市委办公室副主任、市委副秘书长，以及西藏自治区扎囊县县委书记、株洲市炎陵县县长，等等（其间，两次脱产到湖南工业大学、湖南省委党校学习，分别取得大专学历和本科学历）。一路走来，组织的关心和厚爱，同事的帮助和支持，让我铭记在心。

2008年4月30日，在株洲市人大常委会选举任命会上述职发言中，我怀着十分虔诚的态度，以真情告白的方式，做了以下汇报：

今天，我怀着无比激动的心情，走进这庄严的会场，接受人民的挑选。现在，我简要汇报本人的工作经历和对拟任岗位的打算，请予审议。

我的经历可以用四句话来概括："在农村生长，在基层起步，

第一章 中流击水

在机关服务,在山区主政。"是党和人民的培养,让我从基层一步一步走到今天的。在领导机关,我担任过乡党委、县委、市委三级常委秘书,担任过南区区委、区政府、荷塘区委、市委四个办公室的正副主任和市委副秘书长。在乡镇和边远山区,我担任过茶陵潞水乡、思聪乡党委书记,西藏扎囊县委书记和炎陵县县长。

二十多年的工作经历和十几个岗位的历练,使我深深懂得了"民之所忧,我之所思,民之所思,我之所行"的道理,也使我逐渐变得成熟起来。在基层农村、社区、农牧区,我了解了老百姓在想什么、盼什么,最需要党和政府为他们做什么;在县、区、市领导机关,我熟悉了各级党委、政府的领导们是怎样运筹帷幄和驾驭全局的;在县乡领导岗位,我懂得了怎样做人做事,才能赢得组织的信任、同事的支持和百姓的赞誉。正是有了这些经历,才使我有机会走进今天这个庄严的会场,走上这神圣的讲台。

这次市长提名我为市财政局局长拟任人选,这是组织对我的信任和关爱,在此我表示衷心的感谢!

财政部门是一个集执法、管理和监督为一体的重要职能部门。担任财政局局长,使命光荣,责任重大。如果这次会议通过了我的任命,我将勇敢地挑起这副重担,带领全局干部职工,以满腔的热情、创新的思路、务实的作风,从以下五个方面,巩固和发展财政工作业已形成的大好局面。

第一,着力打造活力财政。充分发挥财政职能,抢抓"两型社会"建设机遇,促进经济发展方式转变。不断巩固基础财源,壮大新兴财源,培育后续财源,促使我市财政总量大起来、结构优起来、财源活起来。

第二,着力打造民生财政。优化财政支出结构,把支持"三农"、教育、医疗卫生、社会保障等方面作为财政预算安排的重点,促进各项社会事业的发展,保障和改善民生,让全市人民同沐公共财政的阳光,共享经济发展的成果。

第三，着力打造法治财政。不断增强法治观念，坚持依法理财，建立行为规范、程序严密、制约有效、公正透明的财政运行机制；不断强化人大意识，及时向人大报告工作，切实贯彻人大及其常委会的决定和决议，虚心接受人大代表批评，认真办理人大代表建议，始终把财政工作置于人大的监督之下。

第四，着力打造创新财政。围绕体制机制创新，完善公共财政体系。着力推进部门预算改革，让资金分配更加公平合理；推进国库集中支付制度改革，确保每一笔资金有效安全运行；推进投资评审、绩效评价改革，实现财政支出效益的最大化；推进农村综合改革，努力化解乡村债务，切实减轻农民负担。

第五，着力打造魅力财政。继续推进"四型机关"建设，营造"好学、敬业、诚信、宽容"的机关文化氛围。通过教育引导、制度约束、典型带动，努力塑造爱岗敬业、恪尽职守的财政干部形象，精诚团结、务实创新的班子形象，步调一致、纪律严明的团队形象。让魅力财政为经济发展、社会和谐增光添彩。

伟人写辉煌的历史，凡人写无愧的人生。在未来的日子里，我将牢固树立正确的人生观、价值观和权力观，扎扎实实干事，清清白白为官，堂堂正正做人，绝不贪一己之利而废民众之功，绝不贪一时之功而废一世之名，努力写就一段无愧于时代、无愧于人民、无愧于自己的人生历程。最后，我要表达的是，无论这次会议是否通过我的任命，我都将保持一种平和的心态，愉快地接受人民的选择。

第二节　我认知的财政

在外界的一些人看来，财政是个强势部门。因此，对财政人的称谓也很特别：有的把财政人比作"政府管家"，大有仰慕之心；有的把财政人比作"财神爷"，大有敬羡之意；有的甚至说"政府是爹，财政是娘"，将财政摆在与政府平起平坐的位置，把财政人捧上了权

第一章　中流击水

力"神坛"。

果真如此吗？我想起了《邹忌讽齐王纳谏》的故事。邹忌并不如徐公英俊，但由于他的妻子偏爱他、小妾害怕他、朋友有求于他，每个人都曲意吹捧，说他比徐公更美。

事实往往就这样被刻意扭曲了。

不管他人是真心的敬慕，还是违心的"吹捧"，作为一名财政人，我认为自己得有个清醒的头脑，对自己到底几斤几两要有一个正确的认识。

如果从感性的角度来"戏说"财政人，我认为，从工作性质看，财政人是"店小二"，干的无非是"端茶送水"的活；从工作职能看，财政人好似"丫鬟"，"有责无权"。

为什么这么说呢？

财政部门没有自己的责任田，你手里的"种子、化肥、农药"等，撒向的都是别人的"责任田"。不是吗？当你想方设法抓收入，当你千方百计争资金，当你绞尽脑汁整合资源形成财力后，这些钱物你能用吗？不能！要统统分给别人，不仅如此，在"分送"给人家时，还要煞费苦心，让分享这些钱物的单位没意见、没怨言。

所以说，一方面，财政人就如端茶送水的"店小二"，顾客高兴时，示意一声"谢谢"，你就得说"不客气"，顾客不高兴、面露愠色时，你还得说声"对不起"。

另一方面，财政人就如同带着钥匙的丫鬟，箱子里的"金银财宝、珍珠玛瑙"，你都锁着，钥匙也是你带着，但就是不能做主。当"老爷"吩咐将东西给谁时，你还得老老实实地按吩咐去送，根本不能擅作主张。

"戏说"也好，调侃也罢，我想财政人多多少少都会有类似的一些切身感受。

如果从理性的角度来说财政工作，那么我认为，财政人是"参谋"，是"管理员"。

说是"参谋"，政府的每一项收支活动，财政人都有建议权，都能提出分配方案，供领导决策。

因此，财政人要主动关注经济发展和社会动态，围绕上级重要决议和重大决策，摸情况、找问题、提对策，在提出意见和建议时要站在领导的高度和角度去思考问题，做到与领导"同频共振"；还要积极主动作为，深入实地调查研究，敢于说"怎么办"，敢于提出前瞻性的意见和建议。

说是"管理员"，因为工作职能决定财政人对收入、支出、监管以及资源的调配等，都必须履行管理的职能。从这个角度说，财政人的手中或多或少都有一些权力。

不过，财政人必须清醒地认识到，公共财力的分配权，是政府赋予我们的行政职能。财政人行使的这个权力，是党和人民给予的。人民是权力的主体，是权力的委托者，我们只是权力的受托者，绝没有任何私有权力。我们是人民的公仆和服务员，而不是人民和国家财富的聚敛者。这就要求财政人要端正思维，心存敬畏，要不断打破固有思维，用新方法、新路径，履行好我们的工作职责。

如果从财政本质来讲财政，财政是以国家为主体，通过政府收支活动，集中一部分社会资源，用于行使政府职能和满足社会公共需要的经济活动。

财政的"财"字表明：财政首先是一个经济范畴，是集中一部分社会资源用于满足社会公共需要的经济活动。财政的"政"字表明：财政又是一个政治范畴，是为国家、政权服务的，是政治的经济表现。

财政的职能包括资源配置职能、收支分配职能、调控经济职能和监督管理职能。

在当今的市场经济体制下，财政概念得到延伸和发展。因为在市场经济条件下，财政的主要职能是满足社会公共需要，弥补"市场失效"缺陷，所以市场经济条件下的财政也被称作"公共财政"。

党的十八届三中全会对财政的功能和定位有了进一步的扩展和提高。全会指出，"财政是国家治理的基础和重要支柱"，并提出要"建立现代财政制度"，这是对财政职能作用的重要论断，将财政的地位提到了前所未有的高度。这表明，财政问题已经不单单是经济领域的

第一章 中流击水

重要问题，更是涉及政府职能和社会治理，起到全面协同作用。

从"财政"到"公共财政"再到"现代财政制度"，代表着财政从传统模式走向现代模式的演变方向。

作为财政干部，我们怎样才能跟上形势发展的要求，履行好自己的职责呢？说通俗点，我们要怎样才能用好手中的权力呢？

我认为，财政人需要遵循以下五个"权力法则"。

第一，到位不越位。 我们作为政府的"参谋"和"管理员"，作用发挥得好不好，关键是在工作过程中，找准自己的定位。当好"参谋"，行使好建议权；履行职责，做好"管理员"。不该出手时，要严格把关；该出手时，要大胆出手。只有这样，才能做到到位不缺位、就位不越位。

要想做到"到位不越位"，有"三条线"不能碰：制度的红线、法律的高压线和道德的底线。比如，我们申报项目、安排资金，一定要慎之又慎，既要合情合理，更要合法合规。

财政部门把关严不严，将直接影响经济利益。这就要求我们必须以务实的工作态度，认真把好审批关。例如，在项目评审中，对于相关项目是否控制在概（预）算允许范围以内，建设项目是否存在高估冒算、截留挪用和损失浪费建设资金等现象，都要特别注意，监督要严格落到实处。

第二，创新不立异。 做财政工作，需要有积极的创新进取精神。但是，财政的革新往往牵一发而动全身，所以，无论是观念创新、思路创新、制度创新，还是工作方法的创新，都要踏踏实实，不能搞形式主义，而是要真正解决问题。正所谓"不纳虚言，不听浮术，不采华名，不兴伪事"。财政创新不可脱离实际，不能为创新而创新，也不能异想天开、标新立异。创新是个永无止境的过程，原来没有的，现在有了，就是创新；现在有的，进行了改革，得到了提升，也是创新。

明代大儒王守仁在《传习录》中讲道："名与实对，务实之心重一分，则务名之心轻一分。"体现在具体的财政工作中，我们就要开拓进取，求真务实。比如，我们按照上级部署，推动财税体制上的一些革新，一定要做好充分的调研，吸收各方意见，切不可为求浮名而闭门造车。

第三，大胆不放肆。在工作中，我们有的干部之所以表现平庸，不是不想干、不会干、不能干，而是不敢干，一遇到矛盾和问题就畏首畏尾，从而使工作中出现的矛盾和问题不能迅速解决，甚至把简单事办成复杂事、小问题酿成大问题。

所以，我时常鼓励局里的同志们，干事业该大胆时一定要大胆。

在我看来，大胆是一种精神。古人说"夫战，勇气也。一鼓作气，再而衰，三而竭"，工作中遇到困难和问题，尤其需要攻坚克难的精神。只有一鼓作气，敢于担当，奋勇向前，才能克服各种困难和问题。如果对什么事瞻前顾后，踌躇不前，那就什么事也办不成。

大胆也是一种底气。俗话说："没有金刚钻，别揽瓷器活。"一个人的胆气，来自明察先机的远见、敢作敢为的气魄和披荆斩棘的能力。只有既有能力又有远见卓识的人，才能洞察事物的本质和关键，才会有信心十足的底气，敢于担当。

我鼓励局里的干部要大胆做事，不要缩手缩脚，但前提是要经过充分论证和评估，要符合实际。同时，这种大胆，不能凌驾于党纪国法、人民利益之上，如果把单位或部门当成自己的"一亩三分地"，一心只想着"我的地盘我做主"，这种大胆就是肆意妄为了。

第四，定性不定量。中国人经常讲一句话："清醒做事，糊涂做人。"它指的是做事情的时候要保持清醒的头脑，做人有时要装糊涂，凡事不要太计较。

一个人一旦有了权力，拥有了资源的支配权，往往容易被人"戴高帽子"，容易飘飘然、说话声音高三分、表态决策不过脑子。生怕人家说自己没权力、说话不算数，用通俗的话说，就是找不到"北"了。我们财政干部，在使用权力时，切不可飘飘然，更不可昏昏然，要时刻保持清醒，正确行使权力。

比如，我们安排资金、处理事情，不能随意拍脑袋决策、拍胸脯保证。我们到基层调研，对基层提出的请求事项，不表态具体安排多少钱，而是"定性不定量"。同意支持项目建设，这是"定性"；回去研究提出具体支持的额度，报请政府主管领导批准，这叫"定量"。

第五，同流不合污。"人是社会关系的总和"，这是马克思的至理名言。处理人际关系，是所有人一辈子都避不开的事。领导干部也是人，也有自己的亲朋好友、三亲六故，相互之间走得亲近些、热络些，也乃人之常情。一个手中掌握一定权力的领导干部，如何正确处理好人际关系，是其始终要面临的一件大事。

所以，我常说，当干部不易，当一个好干部更难，当一个手中有实权的好干部更是难上加难。

我认为，在处理人际关系和人情问题上，财政干部应该向"同流不合污"的方向去努力。"同流"，这是讲财政工作接触面广的特点，我们要与方方面面、形形色色的人打交道，要办成事、办好事，必须赢得各方支持，所以我们在工作中要广结人脉、广结善缘，要真诚待人，乐于助人。"不合污"，指的是要讲党性、讲原则，公私分明，坚持按党纪国法、政策制度办事，不搞"庸俗关系学"那一套。要明确哪些是应当有、应当讲的人情，哪些是不应当有、不应当讲的人情。

"予独爱莲之出淤泥而不染，濯清涟而不妖，中通外直，不蔓不枝，香远益清，亭亭净植，可远观而不可亵玩焉。"这是我们学生时代就铭记于心的一句话。这何尝不是道明了从政为官的真谛？

"以势交者，势倾则绝；以利交者，利穷则散"，如果热衷于编织"关系网"，汲汲于一己之私或小团体之利，"酒杯一端，政策放宽""筷子一提，可以可以"，于是乎，或迷失自己，或上了"贼船"，最终误人、误己、误事业。

第三节　我的"就职演说"

作为被新任命的市财政局局长，我深知自己的短板在哪里，简言之，就是业务能力和业务知识的严重欠缺，那么，如何应对全新的挑战？

一方面，我抓紧座谈调研，尽快熟悉情况，进入角色；另一方面，我深入思考，确定自己当好财政局局长的"着力点"。我是从以下三个方面要求自己的。

一是要做好"学徒"。在任财政局局长之前，就有人跟我说过，财政与钱打交道，业务性强，权大责重。我也知道，财政是个矛盾集中的地方，因此，我是怀着敬畏之心，抱着谦虚态度，以跟"老财政"当学徒的心境要求自己的。我始终保持对知识的饥饿感、对能力的恐慌感、对岗位的责任感，加强学习，虚心学习，不断提高业务水平和工作能力。有生怕因自己的能力水平不足，而影响了财政工作的危机感。

二是要做好"公仆"。我做过6位后来都成为市级以上领导的秘书或办公室主任，工作的挑战性不言而喻。有人问我是怎么走过来的，我说，没有别的诀窍，共产党员姓共，一定要把自己当公仆看。何谓公仆？公仆就是为公众服务的人。公仆的本质就是要全心全意为人民服务。既然组织信任我，把我安排在财政局局长这个岗位，我就要珍惜这份岗位资源，尽心尽力、尽职尽责把工作做好。既然是公仆，就要具备仆人的心态、仆人的作为。哪有仆人敢在主人面前趾高气扬的呢？哪有仆人敢在主人面前松懈懒惰的呢？

三是要做好"头雁"。俗话说："群雁高飞头雁领。"如果把一支队伍比作展翅蓝天的雁群，那么领导者就好比是"头雁"，是一班人的"班长"。只有头雁率先垂范，发挥了示范带动作用，才会形成"头雁效应"，整支队伍才会向着目标同心同德、砥砺前行。

我想，"头雁"的示范，关键在以下三个方面：

第一，政治过硬。要注重理论学习，自觉把将政治理论学习贯穿于工作、学习、生活全过程，在政治立场、政治方向、政治原则、政治道路上坚定不移同党中央保持高度一致。

第二，作风过硬。财政工作千头万绪，自己一定要强化责任意识，面对矛盾和困难，脚踏实地，知难而进。要多为工作打算，少为自己盘算，多为组织献计，不搞个人设计。

第三，本领过硬。要尽快熟悉财政工作的业务知识，及时掌握财政工作的新政策、新方针、新理念，深学细研，实践笃行，成为财政事业发展的合格"带头人"。

第一章　中流击水

到财政局后，我常用"低调做人""高调做事"来和同事们共勉。

低调做人，就是要坦然、谦然地待人处世。其实，千百年来人们口口相传的一些格言，就很能给人以启发："文章千古秀，仕途十年荣"是说要把做官看淡些；"台上一阵子，台下一辈子"是说要把做人看重些；"己所不欲，勿施于人"是强调要换位思考；"在哪个山上唱哪首歌"是提醒注意摆正位子。这些经世致用的传统文化，对我影响颇深，也让我受益匪浅。低调做人才能有一颗平常心，才不至于被外界左右，才能够在纷繁之中不迷失自己，脚踏实地，笃定前行。

高调做事，就是充满激情地工作。人要有一种精神，有一种勇于开拓创新、一往无前、见贤思齐、唯标是夺的雄心壮志。我以为的"高调"，就是做事要有高目标、高要求，从高处着眼，向高标准看齐，全心投入，志在功成。

我是2007年10月到市财政局工作的，担任局党组书记、副局长。2008年4月，我才被正式被任命为局党组书记、局长。局里有的人早就在议论新局长会不会"新官上任三把火"来几个"大动作"。说实话，这不是我的做事风格。不过，到财政局工作了一段时间后，随着自己对财政工作有了一定的认识，对局机关的干部也有了一定的了解，也发现了亟须解决的一些问题。于是，我主持召开了一个全局干部职工大会，给大家提出了希望和要求，同时也用来警醒自己，希望与要求概括起来是"十多十少"。

同事们都说，这是另一种形式的"就职演说"和施政方针。

多学习，少应酬。当今时代，瞬息万变，一个人今天获取的信息知识，也许明天就将过时。如果不及时进行知识更新，今天是内行，明天就可能变成了外行。财政工作，概莫能外。财政工作的业务性很强，我们必须不断地加强学习、用心思考。人的精力和时间是有限的，花在应酬上的时间多了，自然就没有精力和时间静下心来搞学习了。

适度而又得当的应酬，有利于加深同志间的感情，也有利于工作的开展，这本无可厚非。但有一句话说得好："交不可滥，须知良莠难辨；酒莫过量，谨防乐极生悲。"什么事都要把握好一个度。应酬多了，学习的时间肯定会少。我们需要找到学习和应酬这二者之间最佳的平衡点，所谓开卷有益，多挤点时间读书总没有坏处。

链接：书香机关是这样炼成的

为了增加队伍的"书卷气"，我们想了不少办法。如定期安排业务考试、业务晒账等各类竞赛活动，评选"十佳学习型科室"和"十佳学习型标兵"。我们还举办了"业务讲坛"，局里科级以上的业务骨干，轮流登上讲台，讲授业务知识。几个月下来，大家积极性持续高涨。所谓"教学相长"，听身边的人讲身边的工作，听起来亲切，学起来也容易理解，"业务讲坛"加强了科室之间、干部之间的沟通与交流，对提高干部职工的业务素质起了很好的作用。

多年持之以恒地抓学习，局机关的学习氛围和书香气日益浓厚，干部的精气神也与众不同。

2012年11月，我们很自豪地捧回了"全省十佳书香机关"的奖牌。

多谋事，少谋人。我们很有幸赶上了一个日新月异、如火如荼的变革年代，方方面面的工作，需要我们花更多的精力，用更多的时间，站在更高的起点上去谋划、去创造、去落实，使之提升到一个更高的层次。所以，一个真正有着积极追求的人，一定会做顺应时代的"弄潮儿"，而绝不会一天到晚把心思和精力花在拉关系、走后门上，绝不会为个人的升迁、自己的私利挖空心思、不择手段去谋人，甚至搬弄是非，影响同志间的关系。

作为一局之长，我想，我的职责是带领财政局的同志们一起谋事干事，而不是陷入种种人际关系的旋涡中。如果我一天到晚考虑种种关系，就无法正常开展工作。正因如此，上任伊始，我就坦诚地告诉局里的同志们，我来了，那些喜欢拉关系"谋人"的人可以就此"打住"。我不会轻易听别人打招呼，尤其是干部职务的变动或升迁，我会毫不犹豫地凭工作实绩，按照德才兼备的标准选人。

我知道，这肯定会得罪少数人，但可以团结大多数人。

我坚信，对干部进行多岗位、多层级的锻炼，可以帮助干部摆脱"年年旧事年年做，依着葫芦画着瓢"的僵化思维，不断适应新形势、新环境的要求，从而激发干部的工作热情，提高干部的创新能力。

链接：一次"超常规"的干部调整

2009年，我们进行了一次干部调整，局里上上下下都很关注。根据我的提议，局党组提出的调整原则是"缺位补位、充实岗位、个别交流，不提拔使用，不打破格局，不改变身份"。

这一次的干部调整打破了原有的"职务固化"，有几位同志，被调整到了相对重要些的岗位，局党组会议讨论时，对他们的工作都很认同，意见高度一致，这当然不会产生什么异议。但是，根据工作需要，有的同志由正科实职到了副科岗位，有的副科长被调整到了一般干部岗位上。

这种做法，当然在局里引起了较大的震动。但我们当时把一切都摊到桌面上，向全局干部说明：干部的岗位调整是为了事业发展的需要，工作岗位没有好坏之分，局党组绝不会让有本事、靠得住、品性好的同志受委屈。

难能可贵的是，我们的同志表现出了高度的服从意识，尤其是几位调整后看似有"落差"的干部，在之后的工作中兢兢业业、敢于担当，表现得非常出色，其中有三位后来升职为副处级领导。

多干事，少揽权。财政局是全市财政资金的管理部门，不少科室直接与一些单位打交道，手中还掌握着一定的资金分配建议权，在外人看来的确"大权在握"。在这样的部门工作，看似权力很大，也有人捧着，于是有的人就很可能飘飘然起来，为人处世的重心就发生了偏离。如果不加提醒，就很可能处理不好权力和干事之间的关系。

当然，从工作的角度来看，责与权是相对应的，要履行一定的工作职责，没有一定的职能和权力也是做不到的。但如果在工作中，只是想着怎么让自己多拥有一份权力，那这种人是绝对干不好事的。事实上，多一份权力，就多一份责任。如果只想着手中的权力而忘记踏实干事，那么多一份权力就会多一分危及事业的风险。

对于谋权不干事的现象，我们开出的药方是：用制度建设和组织手段，帮助少数干部主动铲除"权柄在手，志骄意满"的骄狂态度，彻底根除"不求有功，但求无过"的惰怠思想。我们的干部如果没有"一日无为、三日不安"的紧迫感，又怎么能把事业干好呢？

链接：选拔干部的"四个重用"

"做事不主动，前途很被动"一度成为市财政局的一种导向。对于干部的任用，我曾经多次代表局党组公开亮明这样的态度：干部的价值就在于干事，干部的前途只能靠干事。

局里的同志都知道，我们在选拔干部时，有"四个重用"：重用那些实绩突出、创造性开展工作的人；重用那些对上负责与对下负责相一致的人；重用那些淡泊名利、无私奉献的人；重用那些脚踏实地、埋头苦干、扑下身子抓落实的人。而对那些不顾大局、不守纪律、不讲原则的干部，只说不做、守摊子、混日子、不能开创新局面的干部，不仅不予提拔重用，还坚决进行了调整。

这样一来，全局上下逐步树立起"努力工作保位子，干不好工作让位子""有作为才能有位子"的观念，那些愿意干事的干部，越干越觉得有劲头，越干越觉得有前途。

多担当，少诿过。责任心是敬业的代名词，是衡量人品优劣的重要尺度，是做好一切工作的基础。

一个有责任心的人，才可能做到"事不避难，勇于担当"。

何谓有担当？在我看来，一要敢于承担责任，二要勇于承认错误。勇于承担责任和承认过错的人，是能得到下属爱戴尊敬的人，是能得到领导认可信任、放心把事交给其干的人。那种事到临头就当逃兵的人，

第一章　中流击水

是不堪重用的。

众所周知，经济社会发展中的很多矛盾和焦点问题，都集中反映在财政的收支上。城市建设资金投入难题需要破解，财政收入保持持续稳定增长需要拓宽财源，民生刚性支出需要财力支撑，等等，这些都考验着财政干部的素质和能力。财政人该怎么办？就必须拿出"车到山前必有路，有路必有财政人"的气魄，无论是哪个科室、在什么岗位，都要把工作任务稳稳扛在"肩"上，把自己的工作放到全局层面去考量，要勇于讲实话、办实事，真正担当起事业发展之责。

链接：让业务干部拿起"笔杆子"

到财政局不久，我就发现一个现象，不少人怕写材料，凡是涉及要写材料的工作都尽量地躲、尽量地推，甚至出现在总结某工作经验时，因材料没写好，业务科室与研究室发生相互指责的情况，业务科室指责研究室不认真总结，研究室指责业务科室不提供原始材料，都认为责任在对方。我认为，写材料有水平高低之分，但文字综合能力是一个机关工作人员的基本素质要求。你所从事的业务工作你最清楚。不提供一个基本的素材，研究室的同志也不能闭门造车啊，就算造出来了，也不是什么好车。再说，什么材料都推到研究室、办公室，搞得他们经常加班加点，疲于应付，这肯定不正常。当然，作为代表局里工作的经验材料，作为从事文字工作的研究室人员，有责任帮助总结和文字把关。

后来我在全局大会上强调：不要什么东西都依赖研究室、办公室。他们的职责是什么？不是终日陷进纷至沓来的材料中，而是要为党组决策当参谋、出主意。一个基本的文字表达都过不了关、担不起来的人，又怎么能在重要的岗位上任职呢？

在我的反复倡导和推动下，不少业务科室的干部拿起了"笔杆子"，写材料，写总结，写论文，甚至还写起了散文、诗歌，发表在我局的内部刊物《株洲财经天地》和其他刊物上。在我们出版的两本书《静水激流——株洲财政机关文化建设纪实》和《若水情怀》里，我们的干部纷纷执笔撰稿，字里行间充分展现了财政干部的才情。

多落实，少敷衍。经济工作最忌讳的事就是"空对空"。株洲的一位主要领导曾经说过："不在于出多少思路，而在于干多少实事；不在于开多少会议，而在于解决多少问题；不在于总结多少经验，而在于上多少项目。"这几个"不在于"和"在于"，实际上指的就是抓落实。

落实是一切工作的归宿。一个部门工作的好坏取决于落实的成效，工作的差距在很大程度上就是落实的差距。"一分部署，九分落实"，离开了落实，所有的美好前景都是空中楼阁。能不能、会不会抓落实，是检验我们的干部是不是有本事、肯实干的试金石。

链接：抓落实的"三个支点"

毋庸置疑，在机关工作久了，在一些干部当中会存在一种不良倾向，那就是不思进取、得过且过、敷衍应付。对于实在是做不了或者是根本就没有必要做的事情，敷衍一下，也许是工作方法或技巧；但是，如果对于正常的工作也敷衍了事，就是对财政事业极大的不负责任，也是对有限的行政资源的极大浪费，此风不可长。

怎样抓好工作的落实，我主要从三个方面入手，让工作不是空中楼阁，而是形成支点，落在实处。

一是"明责"。按照"财政工作讲规律、内部管理讲规矩、廉政自律讲规定"的要求，我们建立健全了涵盖内部管理、廉政管理等方面多项规章制度。作为一把手，作为局长，我要统揽好全局，部署好全面工作，带领班子成员和全体干部一道，抓好工作的落实。分管领导要在主要领导和中层干部之间安排好各自分管的工作，抓布置、抓督促、抓检查。中层干部既是指挥员又是战斗员，对于各自负责的业务工作要精通，要合理安排好本科室

第一章 中流击水

承担的工作任务，实实在在地抓好工作的具体落实。一般干部要按照职责分工，各负其责地做好本职工作，并做到不拖拉、不推诿。

二是"加压"。如果工作取得了较好的成绩，我要求我们的干部不能沾沾自喜，因为前进中还有许多新的矛盾和困难需要我们去化解和战胜。本职工作干得好不好，是对我们工作的直接检验，也是对我们干部的现实考验——考验的是工作能力，考验的是工作作风和精神状态，更是事业心和责任感。责任感出动力、出效率、出凝聚力、出战斗力。实践证明，凡是干部尽职尽责、自我加压的地方，工作进步就快；凡是干部责任感不强、不尽心尽力的地方，事业发展就难有起色，甚至出现这样那样的问题。实践也证明，越是在困难的时候，就越需要财政干部增强自我加压的意识，切实解决存在的突出问题，努力将工作任务落实到位。

三是"督促"。落实工作，仅仅靠布置、任务分解、靠下发文件是远远不够的，我们着手建立健全一套督查督办工作责任制和工作完成情况通报制度，形成上下联动、齐抓共管的工作落实体系。通过强督查、严问责，层层传导工作压力，落实工作责任，我们的干部真正走上一线，扑下身子抓落实，最终把财政事业的发展宏图落实到每一位财政干部的具体行动上。

多宽容，少责备。宽容是一种风度。心胸宽广者，大多宽以待人，不会过分计较别人的是非过错。因此，懂得宽容的人一般朋友很多，人缘很佳，受人敬重，具有人格魅力。我们干财政工作的，当然也需要宽容。当工作中产生矛盾时，一句善意的道歉就足以让矛盾烟消云散；当工作中出现摩擦时，一个真诚的笑脸，就足以让不快随风而去。

"与人善言，暖于布帛；伤人以言，深于矛戟。"反过来看，经常喜欢责备别人的人，一般会给别人一种刻薄尖酸、心胸狭窄的感觉。所以，当看到同志或他人不足之处时，我们不妨多换位思考一下，不要急着逞一时口舌之快而急于责备别人。俗话说得好："积金积玉，不如积书教子；宽田宽地，莫若宽量待人。"但也并不是要财政人不讲原则，当好好先生，视问题和不足于不顾，专拣好听的话讲。该责备的还是应该旗帜鲜明地责备，这才是对财政事业负责的态度。适当开展批评是很有必要的，只是要注意一下批评的艺术，变"忠言逆耳"为"忠言顺耳"，可以达到"事半功倍"的效果。

> **链接："忠言顺耳"则事半功倍**
>
> 局里有位班子成员，很有个性，爱憎分明，甚至有些哥们义气。对看得上眼的人，他奉为上宾，关爱有加；对看不上眼的人，他正眼不瞧，批评有加。不少同志都畏惧这位领导。
>
> 在一次民主生活会上，有位同志给他提意见说：T同志，你爱憎分明，正义感强，勇于担当，敢于批评，这一般人很难做到。接着话锋一转：但你对人的要求太高，按照你的要求，局里有一半的人会入不了你的法眼，希望你做"包公"也做"弥勒"，让更多的同志喜欢你、尊重你。这位同志给人提意见，他不是简单粗暴地"单刀直入"，指责他人的不是，而是话语诚挚柔和，有的放矢且富于幽默，让批评对象在会心的微笑中坦然接受。这就不仅是普通的提意见了，而是一种说话的艺术。因此，有人说，"顺耳的忠言"是道德修养、语言修养和知识积累的综合结晶，这不无道理。

多沟通，少赌气。人非圣贤，谁都有七情六欲，生点气也是正常的。但人心如河道，人的思想情感就好比是河道里的河水。如果河道堵塞了，那么河水就会泛滥，越涨越高以至破堤而出，这样自然会造成很严重的后果。人心也是一样，心里有不愉快的事情，憋着不说出来，到忍无可忍之时，就可能如火山爆发，说出一些伤人或不得体的话来。因此，沟通很重要。

沟通越多，人与人之间的思想感情交流也就越多，就越容易得到对方的理解、同情和支持；反之，如果有事放在心里只是独自赌气，黯然伤神，不仅伤心伤身，而且容易将不良情绪带入工作，甚至影响队伍的团结协作。所以说，同志之间、科室之间要多沟通，相互信任，相互支持，相互协作，相互配合，这样才能凝心聚力共谋事业。

链接：让班子奏出和谐交响曲

在一次会议上，市委领导谈到班子建设时，就如何加强团结、加强沟通的问题，举了这么一个例子：某单位，班子成员之间互不沟通、互不买账，各吹各的号，各唱各的调。组织部门去考察提拔干部，班子成员也是各推各的人选，导致干部推荐达不到组织推荐的要求。组织部有看法，局里的干部更是意见很大。这个事例，给了我很好的警示，让我引以为鉴。在财政局工作的这些年，我之所以工作比较顺利，就在于有一个坚强而和谐的局领导班子。

在局里，凡属全局性的问题，凡属干部的推荐、任免和奖惩，我们都按照集体领导、民主集中、个别酝酿、会议决定的原则，由领导班子集体讨论做出决定，任何个人或少数人无权决定重大问题。

我不搞"一言堂"，班子成员在集体讨论问题时，畅所欲言，充分发表个人意见；大家都按照集体决定和分工，切实履行自己的职责，在各自的职权范围内，大胆地、负责地、创造性地工作，努力克服困难，完成分管的工作任务。在执行集体决定、履行各自职责的过程中，互相配合，互相支持，协调一致。在工作中有不愉快时，也能及时沟通消除隔阂，很是融洽。我们的班子就好比一支交响乐队，有木管乐器的轻柔、明快，有弦乐器的优美、灵动，有铜管乐器的雄浑与壮丽……共同合奏出了一部精彩的财政乐章。

多自谦，少自满。"谦受益，满招损"。这个道理很多人都知道。但在现实生活中，真正能够一以贯之践行却不易。有少数财政干部忽视了这个道理，取得了点小成绩，就自满自大，飘飘然起来。自满的结果就是，都搞不清自己姓甚名谁了。我们做财政工作的，如果别人叫你一声"财神爷",你就真把自己当"爷"了,处处讲排场、端架子、摆谱儿,长此以往。这不仅会严重影响机关形象,而且会恶化与群众、社会的关系。

"水唯善下方成海,山不争高自极天"。真正有高学问大本事的人,往往是很谦虚的。如果能始终保持谦虚的心态,自身的知识水平会不断提高,人际关系也会变得更和谐融洽。我们说多自谦不是要自卑,讲少自满,并不是说不要自信。自信的人,才敢闯敢干,敢为人先,要创造性地做好工作,确实离不开有底蕴的自信。

链接:年轻干部的"茅塞顿开"

有一段时间,我特别关注局里新进来的几位年轻干部。他们学历高,成长快,充满自信,是很好的苗子。后来,我发现其中的一位似乎有点儿过于自信,言辞之间甚至显露出几分"财政里手"的派头。不过一段时间后,我发现他的态度有了很大转变。一了解才知道,原来,有一次,他碰到一个业务难题,一边是规章制度,一边是上级要求,这让他陷入了两难,且怎么也找不到解决方法。最后,还是科长的几句点拨让他茅塞顿开,他这才领悟到,老同志的经验其实也是一种优势和财富,山外有山,做人还是谦虚点好。

伏尔泰说过:"妄自尊大不过是无知的假面具而已。"正确的人生态度应该是:地球不会因为你的消失而停止转动,但它会因为你的存在而更加精彩。

多奉献,少索取。激情成就梦想,奉献体现价值。人生的实践告诉我们:无论做什么事情,付出才有回报,奉献才有收获。一个只会索取、不知奉献的人,纵有高楼大厦、宝马香车,也难掩盖其精神的卑微。

社会需要奉献。我们只有在奉献社会中,才能实现自身的价值。从某种意义上来说,奉献的多少体现一个人对社会价值的高低。我们从事的财政工作与经济利益息息相关、紧密相连,很多财政人每天都

第一章　中流击水

在默默无闻地奉献着。他们不计报酬，也从不埋怨。这是非常令人钦佩的。这样的同志肯定会得到大家的认可和尊重。同事们看在眼里，领导也会看在眼里、记在心里的。当然，我们也不强调只奉献不索取，这样提就违背了人之常情。俗话说得好："要叫马儿快点跑，得叫马儿多吃草。"每个人都有自己的现实利益和价值追求，但不能一提个人利益就不讲奉献。我们主张每个人都有自己一定的物质利益，反对的是将个人利益置于社会利益之上。因此，我们提倡要多想事业少想名利，多想奉献少想索取，真正做到不为名利所惑、不为物欲所诱、不为浮华所动、不为私情所扰。

链接：向后勤服务人员学习

我不止一次地在局里的大会上表扬过我们的后勤服务人员。如果说财政机关是一部有序运转的机器的话，那么，后勤服务人员就是润滑油，不起眼，不张扬，但离开他们，"机器"的运转就会出现故障。比如，食堂是个"众口难调"的地方。为了"调众口"，行政科的同志和食堂的师傅们花了多少心思、费了多少心血、承受了多少责难？然而他们却无怨无悔，默默地奉献着。

又比如，物业公司的同志们虽然不是机关的正式职工，但他们用心和汗水在为我们这个机关辛勤工作着。有的到财政局一服务就是八年，以对工作认真负责的态度、娴熟的工作技能，赢得了办公楼里上上下下和家属区里里外外的交口称赞。这些后勤服务人员，包括车队的同志，包括保洁人员，其实他们当中有些人与管财、理财的干部一样，有一定的学历，曾经有正式的工作单位，却因企业改制、单位裁撤等原因失去了原来稳定的工作，为了养活一家老少，不得不从事一份薪酬较低、不太稳定的工作。他们默默奉献，发光发热，值得我们从内心去尊重他们。

多律己，少放纵。人人都追求自由，都希望无拘无束，凡事按自己的心愿办。但自由是相对的，不是绝对的。绝对的自由就是主观的自我放纵。放纵无度，欲望就会无度。心似平原牧马，易放难收。放纵一旦过头，便会像脱缰野马出堤洪水，想收都收不回。怎么办？"知止而后有定"，要学会自我约束，尤其是对于我们财政干部来说，更要学会严于律己。这是个人意志力的一种体现。学会律己，才会成为理智、冷静、成熟、稳重的人，才能抵挡得住金钱、美色、名利等各种诱惑。

古人云："凡善怕者，必身有所正，言有所归，行有所止，偶有逾矩，亦不出大格。"财政人一定要有所敬畏，这样才能有所为有所不为。我觉得我们财政人至少要有"三个敬畏"：一要敬畏权力。树立正确的权力观，深刻认识到手中的权力是党和人民赋予的"公器"，是用来为人民谋福祉的，绝不是个人能够终身拥有的"私器"。只有树立正确的权力观，才能始终精神振奋、奋发有为，才能恪守做人之本、为政之德。二要敬畏法律。遵法敬法，把法规当作红线不可逾越，当作底线不可触碰，干任何工作、做任何事情都要有法律观念，始终做到在法律的框架范围内履行职责。三要敬畏人民。工作中要多进行换位思考，虚心接受来自群众的监督和批评，纠正工作中的缺点错误，尽心竭力办好那些合民心、顺民意、有利于发展、造福于社会的事情。

有信仰才能有所敬畏。身为财政干部，要有一种什么样的信仰和追求？"财政"二字做出了最好的注释和解答：财为公帑，政在去私。我们从事财政工作，必须以"公"字当头，努力去除私心杂念，扎实工作，才能让公共财政更好地服务民生和发展。

链接："授人以柄"的权力清单

2009年6月，一份名为《株洲市财政局科室（单位）权力"搜索"情况登记表》的文件下发到各科室。

当时，这对局里的干部们来说，可是件新鲜事。

有三个问题摆在面前要求大家必须认真回答："本部门、本岗位依据哪些法律法规具有哪些权力事项？""这些权力事项存在多大的自由裁量权？""对这些权力已有哪些制约监督制度，

第一章 中流击水

还要完善哪些制约监督制度？"

按照要求，局里各科室对其拥有的权力事项进行了全面梳理，查找关键部位和薄弱环节，提出规范约束自由裁量权的制度或措施，加强对权力的制约和监督。

通过"地毯式"全面搜索，全局搜索到权力事项143项，全部通过党务政务公开栏、下发文件等形式，予以公开。同时，推行网上阳光运行，将所有权力运行流程、关键环节监控措施、责任部门和责任人公开透明运行，进一步扩大群众的知情权。在此基础上，我们对关键部位和薄弱环节等最容易出问题的地方，加大制度的执行、监督和责任追究力度，并做到四公开：岗位职责公开、办事程序公开、各项制度公开、监督电话公开。

这种让权力在阳光下运行的做法，在当时无疑是一条值得借鉴的新经验。2011年11月，株洲市规范权力运行现场演示会在我局举行，我们做了典型经验介绍和权力运行现场演示。

在有些人看来，我局"权力清单"的出炉和公布，可谓"授人以柄"。但我们需要的就是这样的效果，把自身置于公众监督之下，越透明、越阳光，就越能做到一尘不染、两袖清风。

第二章　源头活水

问渠那得清如许，为有源头活水来。

——朱熹

"问渠那得清如许，为有源头活水来。"这是南宋朱熹《观书有感》中的诗句。意思是，要问那方塘之水为何会这么清澈，是因为有那永不枯竭的源头为它源源不断地送活水啊。这里"源头活水"的本意是比喻知识是不断更新和发展的，需要不断积累。那么一个团队或个人，也只有通过不断学习探索，才能永葆先进和活力。

把"源头活水"形象地比喻财政工作，我觉得也是非常贴切的。因为财政工作的根本任务和职责，就是要解决"钱从哪里来、钱到哪里去、怎么有钱用、怎么用好钱"的问题。记得当时株洲市委一位主要领导曾对财政工作提了"九个字"的要求——"有钱用，用有钱，钱有用"，我觉得非常精准。

有钱用。要抓好收入，做大总量。财政要发挥好自身的职能作用，千方百计支持经济发展，确保源头有活水。同时，要创新思路，抓好收入，确保财政收入持续较快增长。

用有钱。要落实决策，保障到位。财政要尽可能为党委、政府的决策部署提供资金保障。决策指向哪，财政跟到哪。手中有存粮，心里才不慌。

钱有用。要科学分配，提高效益。花钱要花出效益，既要把该保的保障到位，又要把花出去的钱用得最好，这不仅体现我们的管理水平，而且考验我们的理财责任。

九个字的要求，对我们从事财政工作的人来说，就是要"会生钱，会管钱，会用钱"。只有念好这"九字真经"，才能履行好职责，让财政事业的发展拥有永不枯竭的源头活水。

第一节　培源——舍得一把票子

财力从何而来？大家都很清楚，经济增长是财政收入的源泉，也就是我们上面所说的"源头"。只有大力发展经济、培植财源，才能确保财政收入持续稳定增长。稳定的财政收入增长又可为发展提供强大的财力支撑。

如果说，我们在培植财源方面做出了一定的成绩，积累了一定的经验的话，那就是舍得"放水养鱼"。

"放水养鱼"，就是充分发挥财政资金和财政政策的杠杆作用与引导功能，大力培育产业、壮大企业，积极培育发展一批稳定的优质财源，不断提高财政的可持续发展能力。简单地说，该花钱的时候舍得把票子花出去，该用政策的时候把政策用到位，这样就能得到"今天送你一桶水，明日还我一桶油"的回报。

实例：制定扶持政策，推动园区引擎高效运转

对株洲这么一个工业城市而言，要想实现财政收入的稳步增长，离不开产业的振兴和发展，因为产业决定了株洲的经济大势，而产业园区的发展又是重中之重。

为推动工业和园区快速发展，市委、市政府要求财政与有关部门着眼长远、立足实际，先后出台了《中小微企业资金管理办法》《科技创新资金管理办法》《科技三项费用管理办法》《园区资金管理办法》等一系列政策和办法，力求打造一个完整、高效、合理的资金管理体系，切实发挥政策资金的使用效益，为企业发展注入新的活力。

以2014年为例，财政积极落实支持园区发展的各项优惠政策资金达2.18亿元，还从国土出让收入中安排8.58亿元，大力支持了园区建设和战略性新兴产业发展。

实例：安排预算资金，支持支柱产业和中小微企业

市财政每年从预算中安排专项资金支持支柱产业和中小微企业的发展。以2015年为例，我们在财政不宽裕的情况下，挤出了5亿元的产业发展资金。

产业发展资金由产业资金投入管理决策委员会进行集中管理，统筹安排使用，集中财力支持重大产业发展和重点产业项目建设。这项资金主要是采取贷款贴息、风险补偿、股权投资、项目补助等方式，以市场化的手段引导带动金融资本和社会资金投入，放大财政资金的杠杆效应，形成财政资金—信贷资金—社会资金逐级放大的产业投入模式。

实例：用好土地收入，让"第二财政"多发光和热

一段时期内，土地收入号称"第二财政"，在拉动经济增长方面功不可没。

2014年，市级国土出让收入缴入财政的有101.9亿元，除政策性计提以外，最后形成的财政可调节使用的财力不到2亿元，极大部分是通过土地出让成本的方式，安排给了产业园区，用于支持园区发展和投融资公司项目建设。

所以，有时我向领导汇报的时候就说，预算安排支持园区和项目的资金比较有限，但国土收入返还的力度是非常大的，这其实也是财政的基金投入。

在筹措国土资金支持园区建设的过程中，我们加大了部门协调力度，形成征管合力。我们狠抓国土收入预算的落实与均衡入库，积极与国土局、规划局、各政府投融资公司、各区政府沟通协调做好供地计划的编制与落实工作。经过多轮讨论协商，我们提出了采用"两上两下"的方式编制国有建设用地计划、提前计划编制期、优化政府财力归集方式、严格奖惩措施，并在规划局的责任状中加入完成配合情况条款，强化部门间的配合，促使国土收入及时实现。而对以前年度已成交尚未缴清的价款，我们细化责任分解，及时发出催缴函，与相关部门一道上门催收。

为了用好、用活土地出让收入，我们向市委、市政府建议：对城区园区规划范围内的工业和配套商住用地按出让总价款统一计提10%作为各种政策性专项资金提留，对配套商住用地另按出让总价款计提10%作为市级政府收益，剩余部分全部返还给园区。这一建议后来被写入了《中共株洲市委 株洲市人民政府关于促进产业园区发展升级的若干意见》（株发〔2013〕4号）文件当中，文件共计26条，被称为"园区升级26条"。

有了政策和资金的扶持，株洲的产业园区活力进一步迸发，在经济下行的压力下，2014年，产业园区技工贸收入达2284亿元，增长了22.3%。

实例：争取国家产业资金，助推高新产业发展

作为"全国科技进步示范城市"，株洲的轨道交通、航空发动机、硬质合金、新能源汽车等产业在国内具有领先水平，为进一步推动企业创新发展，形成产业发展新优势，我们积极协助企业争取科研和产业资金。

2011年9月8日，随着50辆混合动力电动公交车从株洲国家电动汽车高新技术产业化基地交付给株洲公交总公司，至此，3年内株洲市城区运营的627辆公交车全部换成纯电动或者混合动力车。这意味着株洲市成为全国首个实现公交车电动化的城市。公交车"换代升级"后，每年可节油近220万升，减少二氧化碳等各类有害物质排放14730吨。老百姓形象地比喻道：公交换了"芯"，城市换了"肺"。

2008年，长株潭城市群被纳入国家"两型"社会建设试验区，株洲市委、市政府顺势而为，积极打造以电动汽车等为代表的新兴产业。2009年7月，《株洲市公交车电动化三年行动计划纲要（2009—2011年）》（以下简称《纲要》）出台，全面开启了"绿色公交"之旅。

根据《纲要》计划，我们加大了政策性资金支持力度，给予公交公司购车补贴、贷款贴息、提前处置车辆的损失补助等各项补助6000万元，分3年拨付。

2009年，在市领导的带领下，我们与市经信委、市科技局等部门一道，积极努力，促成株洲成为全国节能与新能源汽车示范推广试点城市，3年累计获得中央财政补助资金共3亿元。

我们还协同相关部门出台了《株洲市新能源汽车推广应用实施方案》和《株洲市新能源汽车推广应用实施细则》，明确了购置补贴申报，资金安排等具体事项，保障对新能源汽车推广应用的相关要素，努力营造良好的推广应用环境。

第二节　收入——做大一只盘子

经济发展的成果最终体现在财政能否增收上。财政部门必须千方百计组织收入，确保应收尽收、颗粒归仓，努力做大财政蛋糕。

我们主要从以下几个方面着手做大财政收入的盘子：

一是建立健全机制，挖掘税收增收潜力，向强化征管要增收；二是搭建综合治税平台，堵塞税收漏洞；三是完善非税收入征缴制度和监督体系，切实强化非税收入征管；四是全面清理财政结余结转资金，积极盘活财政存量资金；五是积极向上争取资金，弥补自身财力的不足。

具体来说，我们是从八个字——"统""清""争""堵""捡""开""提""盘"入手，千方百计做大收入盘子，让财政的强力支撑，高效服务于经济社会发展。

统：使非税收入管理真正实现"收支两条线"

非税收入是各级政府财政收入的重要组成部分，在地方经济建设及社会各项事业发展中发挥着重要作用。我们把非税收入管理的着眼点放在"统"字上，以"收支两条线"改革为主线，强调挖掘非税收入潜力，实现应收尽收。

为健全非税收入应收尽收的保障机制，推进财政收支预算科学化、规范化、精细化管理，2012年6月，我们推动出台《株洲市非税收入稽查办法》，对规范政府非税收入管理，强化财政收入监督，保障公民、法人和其他组织的合法权益起到积极作用。

2013年，在对市级非税收入执收成本核定的基础上，我们修改完善了《株洲市本级非税收入成本测算方案》，并下发了《株洲市财政局关于进一步完善非税收入执收成本核定工作的通知》（以下简称《通知》）。依据《通知》要求，我们采取划分收入类别，查阅执收单位的账本凭证，摸清成本构成，测算成本结构等办法，对市本级非税收入执收直接成本进行核定。

为有效地解决非税收入"多头征收，分散管理"的问题，我们实行非税收入归口管理，全面推行"单位开票，银行代收，财政统管，政府统筹"的新型征管模式，将预算外收入赶进非税收入的笼子，将非税收入全部纳入了财政预算管理。

为强化非税收入的规范管理，我们取消了执收单位的过渡账户，建立以《非税收入一般缴款书》为主，《非税收入专用收据》为辅的新型财政票据体系，基本实现收缴分离，以票管收。通过建立财政、纪检监察、审计、物价等多部门参与的大监督格局，有效防止乱收滥罚、坐支挪用、贪污浪费等腐败行为，规范了非税收入征管程序。

我们取消了按比例征收政府统筹的做法，全口径编制部门预算。所有的非税收入统一缴库，真正实现"收支两条线"管理。

清：改"清欠"为增收

"清欠难、难清欠，清理陈欠添新欠，年年清理年年欠"。欠税（费）

清理追缴，一直以来都是税收征管中的"老大难"问题。而税收的流失，对财政收入有着直接的影响。因此，我们一直把清理欠税（费），摆在重要位置。

以 2011 年为例，我们协同规划、房产等部门，对我市的容积率调整项目予以全面清理。通过清查，我们收回了应缴纳的土地价款和配套规费 1.54 亿元。清理后我们联合规划部门针对有关问题，制定了《株洲市建设用地容积率管理规定》，从源头上规范了日常操作行为，加强了容积率的管理，防止了收入的流失。

以 2014 年为例，我们在抓好对支柱行业、重点企业、重大项目的税负分析，全面掌握重点税源企业生产经营和纳税情况的基础上，配合税务部门对房地产、建筑安装行业的相关税收开展专项清查清缴，截至当年 10 月，全市累计清缴房地产及其相关行业欠税 8.3 亿元。

持续的清理欠税（费）工作，有效堵塞了税收漏洞，强化了税收管理，增加了财政收入。通过加强部门协作、信息交换、源头控管等方式，在欠税清理上实现了保障有力、运转协调的社会综合治税目标，有效地解决了欠税（费）税收征管难的问题。

争：积极争取上级财政资金支持

争取中央、省里的财政资金支持是做大蛋糕的一个重要途径，也是缓解财政压力、弥补自身财力不足、提高财政保障能力的重要工作。

我们始终把争取国家产业资金支持企业发展当作一项重要工作。

株洲是"动力之都"。"动力"代表株洲的产业特色，而轨道交通产业就是其中的核心动力之一。经过几十年的发展，株洲轨道交通装备产业已形成整机制造、核心部件、关键零部件协调发展的产业集群，成为我国最大的轨道交通装备制造产业基地之一。

财政怎样更好地服务于轨道交通装备产业？在市本级财力有限的情况下，就是协助企业全力以赴向国家争取产业政策和资金。

2014 年 11 月，《株洲市轨道交通装备战略性新兴产业集聚发展试点实施方案》获国家发展和改革委员会及财政部正式批复，全国首个轨道交通装备产业集聚发展试点花落株洲。根据批复，2014—2016年，国家将连续3年为株洲轨道交通装备产业集聚发展提供滚动资金支持，3年累计支持资金将达到3亿元。

堵：严控"跑、冒、滴、漏"

为了有效解决涉税信息不畅、税收源头控管不严、征管不到位等问题，2014年8月，我市启动综合治税信息平台建设工作。根据市政府工作安排，这项工作由财政部门具体负责，市国税局、市地税局等相关部门协同配合共同建设。

根据《株洲市综合治税信息平台工作方案》，平台建设分期实施，信息采集分批进行，45家涉税单位将分3期接入，其中第一期采集15个部门。这个平台能有效地打破"信息孤岛"，大量收集分散于各部门的重要涉税信息，通过对涉税信息与税收实际缴纳情况进行比对分析，可大幅提高税收征管的针对性和有效性，以往税收征管中出现的"跑、冒、滴、漏"得到了有效治理。

10月，综合治税信息平台正式启动。当月，财政、税务、公安、房产、工商等15家单位报送近3年存量涉税数据1535万条，通过对涉税信息进行自动分析、比对，初步查找出土地使用权转让、宾馆、驾校及药店零售等行业的税收线索3.6万余条。税务部门根据税收线索，开展清查追缴。截至2014年底，共补征相关税收5155.8万元，有效堵塞了税收征管漏洞。

捡："芝麻"也要颗粒归仓

"西瓜"不能丢，"芝麻"也要捡，坚持大税小税一起抓，这是财税工作的基本要求。

在对重点企业、重点工程项目进行税源动态管理的同时，我们积极配合各征收部门对零散税收进行挖潜增收，全面加强财税征管，确保财政收入"颗粒归仓"。

比如，对车船税的征收，我们协同税务部门，从宣传发动到政策辅导，采取了一系列行之有效的措施，制订了具体的实施方案。通过积极努力，使当年的车船税入库同比增长了50%。

比如开展河砂卵石税收专项检查。2010年，专项整治联合小组克服检查面广、排查线长、清查点多、联系困难及调查取证难等困难，经过艰难努力，排查了砂石采掘船52艘，运砂船100余艘，砂石码头86个。通过坚持不懈的积极工作和税法政策法规的宣传，取得了阶段性的成果：已查补税款、罚款、滞纳金660.9余万元，入库税款、罚款、滞纳金494.42余万元（从几千元/户、上万元/户到数十万元/户，做到了应收尽收）；不少砂石场在经过税收宣传后自行到税务机关申报补缴税款；很多无证经营的砂石场到税务征收机关申请办理了税务登记证，纳入了正常的税收征收管理范围。

开：努力开辟新财源

为了增加财政收入，我们对政府公共资源资产实行市场化运作管理模式，进行新的探索，努力开辟新的财源。

比如，我们根据客观情况的变化，修订和完善了《小型汽车特殊号牌实行有偿发放的工作方案和实施细则》，规范了具体管理措施。对"小型轿车特殊号牌有偿发放收益征收经费分配方案"进行了修订，并与市拍卖公司签订《委托拍卖合同》。

为扩大号牌资源、防止资产流失，经过多次与资源管理部门进行沟通协调、交换工作意见，将后ABCD型号牌、ABAB型号牌、AABB型号牌，以及车主有特别要求而又不能在号牌库中随机拍号选择的号牌纳入了有偿发放的范围，形成了新的收入增长点。

提：收费提标，增加财政收入

2007年初，当获悉长沙市城市基础设施建设配套费标准的调整通过了省里审批后，我们把株洲也可以争取申请提标的情况向市领导进行了汇报。随后，我多次与省财政厅、省物价局的领导请示、联系。因为这事关株洲的城市建设，如果申请得到批准，将大大缓解株洲基础设施建设资金短缺的问题，有力地推动株洲新型工业化和城市化的建设。

在申请城市基础设施配套费标准调整的同时，我们株洲还向省财政厅、省物价局申请设立城市绿化赔偿费、补偿费收费项目并核定收费标准。两项申请的同时上报，更增添了工作难度。

为此，我们积极与省物价局和财政厅沟通协调，终于得到了上级部门的政策支持。2008年5月19日和6月3日，省财政厅、省物价局接连下发两个文件（《湖南省物价局、湖南省财政厅关于调整和规范株洲市城市基础设施配套费标准及有关问题的复函》《湖南省物价局、湖南省财政厅关于株洲市城市绿化赔偿费、城市绿化补偿费征收标准及有关问题的函》），批复了株洲的相关请求。

由此，我市出台相应政策并予以落实，株洲的城市基础设施配套费实现了大幅增长，连续3年年均增幅达60%。而城市绿化赔偿费补偿费的征收也从无到有，为株洲的城市管理和建设带来了更多的活力。

盘：盘活财政存量资金，盘活国有资产

盘活财政存量资金是中央提出的要求，也是社会各界关注的重点之一。形成财政存量资金的原因很多，既有资金性质所限形成的，也有安排不合理形成的，还有项目本身形成的。较大数量的财政资金出现闲置沉淀，导致一边财政收支压力大、举债"搞建设"，一边却"有钱花不出"。为此，新《预算法》和国务院《关于深化预算管理制度改革的决定》提出要对结转结余资金进行清理回收。2014年1月，国务院办公厅下发《关于进一步做好盘活财政存量资金工作的通知》，对该项工作进一步做出了部署。

根据中央和省有关文件精神，我们从2014年9月起编制2015年预算时，部署开展了结转结余资金清理收回工作，压缩财政存量资金规模。对结余资金比上年增加较多的部门，我们在进行预算安排时，视部门结余结转资金增长情况，适当压缩部门财政拨款预算总额；对各部门年末基本支出结余、项目停止实施或项目完工后仍有结余的，以及连续2年未使用或者连续3年仍未使用完的专项结转，全额收回统筹使用。同时，对当年预算执行率不到85%的专项资金，明确要求下年度预算一律扣减10%。

我们通过对市本级89个一级预算单位、180个二级预算单位的结余结转资金和专项进行了全面清理，共取消到期和一次性专项及不合理专项资金3.1亿元，清理盘活存量资金6.3亿元。收回的资金用于预算稳定调节基金、弥补2014年财力缺口、消化国库借款及人员经费提标等，保证预算收支平衡。

在盘活财政存量资金的同时，我们又下大力气，盘活了行政事业单位的国有资产。一段时间以来，行政事业单位经营性国有资产的管理效能和经营效益低下，存在着资产管理散乱、闲置浪费严重、收益流失较大，甚至滋生种种腐败等诸多问题。为此，我们采取了一系列举措，优化资产运营，增加财政收入。

首先，我们制定了《株洲市行政事业单位经营性收入管理办法》。在年初按照上年度经营性收入完成情况对各单位下达了经营性资产目标管理责任书，每季度核实、统计预算单位经营性收入完成情况，并对不及时完成收入的预算单位，通过电话、催缴书方式及时催收。同时，对部分经营户进行了走访，准确把握经营性资产效益行情，协助经营单位解决经营中的一些困难。2011年，资产处置、资产经营收入首次突破了2亿元，入库1.4亿元。

接着，依照中央和省里的相关规定，我们又制定了《株洲市行政事业单位土地房屋资产处置工作流程》，将房屋土地处置放在阳光下，便于公众监督。对资产进行公开、公平、公正处置，所有处置的资产均采用公开竞标方式进行拍卖。

这里讲一个公安新大楼与天价资产处置的故事。

为解决市公安局办公场所地处交通瓶颈地段、面积狭小、功能落后、严重影响办公办案效率等问题，市委、市政府决定启动市公安局新办公楼的建设。新办公楼按设计建筑面积3.78万平方米、预算总投资1.2亿元，资金全部由市财政筹集。

如此巨大的资金投入，完全依靠预算安排显然有些力不从心。于是，我们和市公安局商量，决定"盘活"公安局的现有资产，其中包括位于芦淞区的安发市场。

2009年12月30日，在我局行资处等部门的精心筹划下，安发市场拍卖会如期举行。这个小市场只有1000多平方米的营业面积，经专业机构评估，拍卖底价为1200万元。拍卖会现场十分火爆，举牌者此起彼伏，拍卖价一路飙升，最终以5110万元成交。无论是我们财政局，还是公安局的同志们都很兴奋。这可是个出人意料的"天价"啊！安发市场的成功拍卖，可以说是我们盘活我市行政事业单位国有资产的一个成功案例。

第三节 支出——把好一个口子

"取之于民，用之于民"是财政支出的天然法则。

财政该怎么支出才能不负党和人民的重托？我觉得必须将"舍得花，不乱花，花得好"九个字做到位。

其一，舍得花。该给的，要尽力保障；该"解囊"的时候，要舍得付出。比如，我们在民生支出上多次有大手笔的投入，近70%的财政支出用于百姓生活改善、落实民生实事。

实例："1元公交"的株洲福利

有人说，株洲的公交车是全国最好的公交车。在城区范围内，满大街都是清一色的新能源电动车，噪声小，都是空调车，整洁舒适，冬暖夏凉。而且，不管乘坐哪辆公交车，不管坐多远，都是1块钱。这就是让株洲市民津津乐道的一项"城市福利"。

株洲将公交票价普降到1元，始于2011年2月1日。同时，对中小学生乘车按8折优惠，对残疾人、军人和65岁以上的老人实行免费乘车。因为票价下调和特惠群体的免费政策，公交公司减少收入高达8000多万元。

为了让公交惠民之举能够长期坚持下去，财政给予了不遗余力的支持。我们支持公交车电动化，给予公交公司购车补贴、贷款贴息、提前处置车辆的损失补助等各项补助6000万元，分3年拨付到位。每年预算还安排3500万元资金，用于弥补公交企业因票价下调而造成的运营亏损，确保"1元公交"能够长期施行。与此同时，我们积极向中央财政争取燃油补贴，其中，2013年就安排了1.14亿元给公交公司。

实例：设立万名人才计划专项资金

人是最基本的生产力，一支高素质、专业化的人才队伍无疑是加快发展的保障。2013年，株洲市发布"万名人才计划"，提出将用5年时间（从2014年起，每年20名）引进和选拔100名领军人才。引进和选拔的领军人才主要涉及生产研发、科技创新、教育文化、医疗卫生、社会管理等领域。

为此，我们设立"株洲市万名人才计划"专项资金，对高端人才给予最高100万元生活补助、100万元项目扶持资金和100万元贷款贴息，5年内政府用于万名人才计划的直接投入不少于3亿元，总投入不少于10亿元。对此，财政毫不犹豫进行了保障落实。

根据项目规模和进度，领军人才最高可获100万元科研经费和启动资金。领军人才创办符合战略性新兴产业发展方向企业，前3年根据企业和个人税收贡献，由受益财政给予适当奖励，优先推荐为企业技术创新引导资金、中小企业发展基金等扶持对象，优先给予自主创新产品政府采购等政策。同时，领军人才创办的高科技企业列入"株洲市信贷重点扶持企业名录库"，优先享受信用贷款支持，支持领军人物以专利权等自主知识产权获取抵押贷款，投资入股兴办企业。

实例：教育三年攻坚计划

为了满足老百姓对优质教育的需求，促进教育均衡发展，株洲出台城区教育三年攻坚计划。从2011年起，市财政每年增加教育投入3600万元,支持这项计划。

石峰区枫叶中学原来是一所厂矿子弟学校,因为投入不足,硬件设施一直是学校的"短板",是师生们的一块"心病"。在他们最需要得到帮助的时候,财政的大力支持,让全校的师生挺直了腰杆。这几年学校的大手笔建设不断:科技馆300万元;塑胶跑道300万元;电子白板、教师手提电脑60万元;食堂20万元;绿化20万元……市、区两级财政的支持总计达到了1100万元。

由于学校根本不需要考虑"钱途",学校领导班子全力以赴抓教师队伍建设,着力于内涵发展,教学质量得以大幅提升。原来学校招生得求人,有一次计划招400人,结果只到了200人;而2012年,学校还是计划招400人,结果却有800人报名。

其二,不乱花。"锱铢必较",通常被人们用来形容一个人器量狭小,对一些很小的事情斤斤计较。但对我们财政人来说,不"锱铢必较"是不行的。"锱铢必较",就是要强化预算约束,把严、把牢、把住支出口子,要把主要财力用在刀刃上,精打细算,节约每一分钱。

实例:向"三不"说"不"

有句老话说:"赚钱犹如针挑水,花钱犹如水推沙。"它说的是赚钱难花钱易。到财政工作后,我思考最多的就是如何"量力而行,量入为出"。其实,居家过日子与我们搞工作是一个道理。

然而,在做事节俭的问题上,有些部门还存在"三不"的问题:一是做事不计成本。只求把事情做好,不太注重做事的资金成本,有大手大脚花钱之嫌。二是用优惠政策不计后果。现在优惠政策过多过滥,不利于公平竞争,经济社会效益没有被充分体现。三是讲民生不顾实际。改善民生要与经济发展相适应,要可持续。否则,就是哗众取宠、不负责任。这些现象的出现,是因为有些部门只站在自己的角度和立场看问题、办事情,但站在看守政府"钱袋子"的角度,我们是不能支持的,毕竟是事业无限而资金有限啊。

株洲在湖南来讲，财力还是不错的。但放在全国，尤其对那些经济发达地区来讲，我们还有较大差距，我们还要靠国家转移支付来保持收支平衡。因此，我经常呼吁，一定要向"三不"说"不"，希望有关单位、部门能厉行节俭办好事情。

实例：让路灯"睁一只眼闭一只眼"

电费附加是根据国家政策规定征收的城市公用事业附加的一种，属于非税收入，实行"收支两条线"管理。为提高财政资金使用效益，规范资金管理，加强城市亮化，节约能源，减少电费支出，促进两型社会发展，2013年，我们会同市灯饰管理处对城市公用电费支出项目开展了绩效评价。

通过对株洲市电费附加支出的使用、管理和绩效情况深入调查和分析评价。我们认为，我市在电费附加支出的使用管理上仍有提升空间，提出了对灯具设备进行节能改造和降低照明功率及灯距密度等建议。

建议提出后，得到了项目单位市灯饰管理处的大力支持配合。通过对能源管理模式进行市场化运作，我市路灯节能改造工程如火如荼地开展了起来。其对资金的节约非常明显，比如，红旗广场至长江广场原来的150瓦高压钠灯更换为65瓦的节能灯后，每月节约电费5.8万元。

2014年7月中旬，七一路的路灯全部完成改造，开全市先河装上了照明单灯智能控制系统。相比于城区其他路段，改造后的七一路的路灯照明不仅更加环保节能，还能根据需要灵活调整开关组合、调节照明亮度。何谓单灯智能控制？就好比给房里的每盏灯都单独安装一个开关，并通过电脑编程制订各种亮灯方案，可根据路面实际情况，随时调整路灯工作状态，比如"隔一亮一"，让路灯"睁一只眼闭一只眼"，或分时段自动调节照明亮度。

采用新型高效光源节能灯，安装微机监控管理系统合理调整亮灯时间。这些举措既满足了照明需要，又降低了电能消耗，也提升了我市的城市品位。

按照绩效评价意见运行了8个月时间，节约支出超过千万元，真正实现了以最小成本支出、最大限度地发挥财政资金的使用效益。

实例：运营公司被心服口服地"拦腰砍一刀"

株洲的公共自行车租赁系统建成以后，需要财政每年安排系运营维护费用。2012年，运营公司向财政申请每年安排3000多万元。

如果按照以前的做法，我们会在单位申请的经费额度上"拦腰砍一刀"，因为单位申请经费时都会多报一点。

但为了核实系统运行的真实情况，确保财政资金使用效益，我们组织了专门的工作小组，对租赁系统2011年度的运营费用进行了绩效评价。

之后，针对运营公司费用和资产管理方面的问题，我们提出了降低成本、完善管理的意见和建议，并最终确定了一辆自行车每个月50元的费用标准，每年仅需安排运营成本1200万元，就可以确保系统的正常运行。

后来在安排预算时，市财政就按1200万元安排给运营公司，比申请的金额少了2000万元，运营公司对此心服口服。

实例：一举两得的批量集中采购

2014年7月，市财政通过公开招标完成了市直教育系统各预算单位2014年第一期台式计算机批量集中采购。7家直属学校共采购台式计算机564台，满足了这些学校的教学需要。

此次批量集中采购，通过汇总采购人实际需求，形成了规模效应，节约资金52万元，节约率达到17%。同时，通过统一机型基本配置，杜绝了超标采购，可谓一举两得。

批量集中采购，是株洲市实现政府采购形式优化的一项重大改革。按照先行试点、逐步推进的基本思路，我们从2014年5月

1 日起，将市直教育系统各预算单位台式计算机采购，全部纳入批量集中采购。这既是响应上级厉行节约、反对浪费的要求，也是深化政府集中采购改革的需要，几个月下来，试点的效果明显。

其三，花得好。这就是要加大预算编制的科学性和预算执行力度，强化资金使用的绩效理念，使花出去的钱，不仅到位快，而且效益好。

实例：暴雨来袭，株洲"风景独好"

2015 年的汛期到来后，湖南境内暴雨连连，株洲周边城市均出现了不同程度的内涝。令人欣慰的是，株洲可以说是"风景独好"，内涝情况基本没有。这得益于城区防洪排渍设施建设的完善。

从 2012 年起，市财政分 3 年共投入 1.1 亿元，实施城区防洪排渍站建设，解决城市内涝问题。

2015 年，株洲市又启动了新一轮的排渍站改造建设，改造升级了 9 座城市排渍站。比如，建宁港排渍站投资了 8000 多万元进行重新建设，使芦淞区、荷塘区局部、建宁港沿途等范围的排渍能力得到很大提升。再加上已经竣工的龙泉路排渍站，合泰商业区的内涝风险已经大大降低。

株洲市共有排渍站 49 座，其中大型排渍站 14 座，2015 年 9 个排渍站进行升级改造后，从农排标准升级到了城市排渍标准，一般的降雨，株洲市城区基本不会发生内涝。

实例："到农贸市场去买菜，感觉就像逛超市"

干净整洁的不锈钢台面上摆放着鲜肉、蔬菜；透明的封闭式橱窗经营各式卤菜；熟食、粮油区，蔬菜水果区，肉类冻品区，活禽宰杀区，功能区分井井有条；通风采光，排水系统设置合理，卫生保洁及时到位……2014 年 10 月，经过改造后的芦淞区贺嘉土标准化农贸市场全面开门营业。

"原来的农贸市场气味难闻、地面湿滑、臭鱼烂虾到处都是，到市场一次就遭一次罪。如今走进改造好的农贸市场犹如走进了现代化的大型超市，干净明亮，让人流连忘返。"前来买菜的市民个个竖起了大拇指。

"农贸市场标准化建设改造"这一民心工程起于2009年，按照市委、市政府的要求。市财政每年安排1000万元对城区内的农贸市场进行改造。到2014年9月，株洲市共完成111个农贸市场的改造，市区54家，各县57家，建设改造总面积达到28万平方米。

除了确保农贸市场建设改造资金的及时拨付到位，我们和区政府、市商务局等部门的同志，还经常到施工现场，督查建设改造工程质量。

株洲的农贸市场标准化建设以其布局合理、设计科学、功能完善、管理规范、环境优良等特色，成为株洲市民喜爱的星级"菜篮子"工程。

实例：橙绿相间的流动风景

一辆辆橙绿相间的公共自行车，轻盈，便捷，穿梭在大街小巷，俨然一道流动的城市风景。

2011年5月6日起，株洲市正式启动公共自行车租赁系统。普通市民凭有关证件办理一张租赁卡，就可以在街头公共自行车租赁站租车骑行，并且3小时内还车不收租车费用。无论是上下班还是锻炼身体，许多市民都首选骑公共自行车，绿色出行在株洲已然成为一种风尚。

数据显示，截至2015年5月底，株洲城区已建成1058个租赁站点，安装智能停车柱2.6万个，投放公共自行车2万辆，市民办卡逾20万张。经过4年多运营，月租还车次数突破300万辆次。

为顺利建成公共自行车租赁系统，我们累计投入达2亿元，每年还安排公共自行车租赁系统运行维护费1200万元。2013年10月，住建部下文，将株洲市列为全国第二批"城市步行和自行车交通系统示范项目"试点城市。

发展公共自行车，不仅方便了广大市民，还激活了一个产业。位于天元区新马工业园的公共自行车生产基地投产后，株洲已经形成了集生产、研发、运营和管理于一体的产业模式，并开始进军全国公共自行车市场。2013年12月和2014年1月，由株洲健宁公司建设的公共自行车租赁系统，分别在深圳盐田和湖南浏阳投入使用。深圳、西安、兰州等城市，将全面推广株洲公共自行车租赁系统。而总部设在株洲、主营业务运营城市公共自行车的湖南斯迈尔特智能科技发展有限公司，已接到了来自波兰的订单，株洲的公共自行车开始走出国门。

第四节　监管——卡严一把尺子

做事要花钱，花钱讲绩效。把有限的财政资金管好用好，发挥最大效益，是财政工作的第一要务。

为此，市财政积极尝试，构建财政"大监督"格局。所谓财政"大监督"格局，就是以现代化、信息化手段为技术支撑，以完善健全的规章制度为外部约束，以内外并举、纵横联动的工作机制为组织保障，实现监督的"全员参与、全面覆盖、全程控制，全部关联"。全员参与，即把财政业务的日常管理与各业务部门的内控制度和运行程序作为相互制约的监督机制，形成完整的监督链，链上的每个岗位都是监督员；全面覆盖，即对涉及财政监督内容的收入监督、支出监督、会计监督、内部监督等方面通过日常管理与专职检查进行全方位的监督；全程控制，即对财政资金和公共支出全过程的跟踪监督管理；全部关联，即财政预算编制、预算执行、财政监督检查之间密不可分，成果信息相互衔接，形成良性互动。

为了构建财政"大监督"格局，市财政加速建立"预算编制、预算执行、监督检查、绩效评价"四位一体的财政监督管理新机制，形成财政部门内外并举、纵横联动、齐抓共管的财政监督网络，实现对财政资金全方位、全过程的实时动态监管。并将财政监督工作置于"四位一体"的有机整体中来定位和思考，把财政监督作为落实财政科学化精细化管理的有力保障，将其贯穿于预算编制和预算执行的事前、事中、事后的每一个环节，把财政监督和绩效评价有机结合起来，互为补充。通过不断更新监督理念，创新监督机制，认真履行职责，开创了财政监督与管理相互促进的良好局面。

预算编制"科学"

财政预算，是政府行使分配职能，保障社会经济健康、协调发展的重要手段，预算编制是其中一项集预测与决策于一体的综合性工作。预算编制是否科学、准确、高效，关系着经济社会发展的大局。

在向市人大汇报2015年预算编制情况时，我提出了要理顺十大预算编制关系，以提升预算编制质量，更好地服务于经济社会发展。这"十大关系"包括：

一是政府与市场的关系。该政府管的要保障到位；由政府主导的，可以通过社会来运作的，尽量采取购买服务的方式，养事不养人。该市场管的事情要交给市场，政府减少干预。

二是存量与增量的关系。要严格执行"三收一控"。"三收"是指收回到期和一次性专项，收回原不合理专项，收回结余结转资金；"一控"是指严控新增专项（立项依据不充分的不安排，绩效目标不明确的不安排，当年不能形成支出的不安排）。

三是吃饭与建设的关系。一般来说，吃饭靠财政，建设靠融资，不要让大规模建设的项目由财政资金来承担。

四是条条与块块的关系。地方财政预算安排不能被部门牵着鼻子走，一级地方财政必须坚定地体现以块块考虑为主，预算安排绝不能与市委、市政府的战略部署脱节。

五是重点与一般的关系。财政要集中财力办大事，一般资金点到为止。

六是市区与县域的关系。按照"省直管县"财政体制，对市区和县域在财政资金上要有所区别。

七是用钱与绩效的关系。用钱必问效，无效要追责。

八是预算与决算的关系。要细化预算，严控追加，减少预算与决算的差距。

九是部门与大局的关系。关键时候要有大局意识，为财政担当。

十是服务与监管的关系。既要服务预算单位，指导他们编预算，同时也要严格审核把关，加大监管力度，确保资金充分发挥效益。

预算执行"严格"

预算执行管理是财政管理的重要内容，预算编制再好，如果执行不力，也只是纸上谈兵，因此预算执行是否严格规范，关系着财政资金使用的合理合规和效益提升。

预算执行过程中，也往往会存在一些问题，如预算执行进度较慢、项目支出管理不够严、预算资金出现结转、国库存款沉淀较多等，因此，加强预算执行管理，提高预算执行效率，显得尤其重要。

我们把加强预算执行管理，作为搞好财政工作的落脚点和着力点。我们紧密结合财政国库管理制度改革实际，建立健全有效的预算执行动态监控机制，不断推进预算执行管理的科学化和规范化。2013年5月，市财政局专门出台了《株洲市市级预算执行动态监控管理办法》，明确规定，动态监控对象是财政部门、预算单位及财政业务代理银行，监控范围是全部财政性资金。

2013年7月，在国库集中支付大平台基础上，我们开发启用了覆盖财政预算执行全过程的嵌入式预算执行动态监控系统，从而实现了对每笔财政资金支付流程、流向、流速的在线跟踪、智能预警和统计分析，真正实现了事前预警、事中监控、事后分析、综合核查等有机结合。市级动态监控预警已经覆盖指标、计划、支付三大类共52个子项目，涉及每笔财政支付业务的各个环节。2013年1—11月，共生成支付预警信息4780笔，有效避免了"库款搬家"和"体外循环"。

在2015年预算编制中，我们采取"三收一控"的措施科学编制预算，全面贯彻"零基预算"的原则，先定项目再定资金，使财政预算的编制、

第二章 源头活水

执行、监督水平上了一个新的台阶。

监督检查"严厉"

财政监督是财政管理的必要环节和组成部分，随着财政支出规模的不断扩大，财政监督承担的任务日益加重，如何更好地确保财政资金安全，更好地促进规范财政管理，更加科学地评定财政资金使用绩效。这些都对财政监督工作提出了新的要求。财政监督检查，是一项"细活"，必须细致严谨，才能见真功、出实效。

财政投资评审工作是财政部门管理基本建设财务的一项重要职能，是合理控制投资项目成本费用和节约建设资金的重要手段。市财政局注重加强对重点项目的全过程评审，特别是事前、事中评审，取得了较好的效果。

在芦淞路（株董路口—东环线）项目的征地拆迁预算审查中，因该项目属原株醴路扩建工程，道路中央和两边建有许多房屋。经现场勘查及到市国土、房产部门核查、取证，发现其中一些占用国有道路的违章建筑。在评审中，市财政局依法依规只给予这些违章建筑计算拆除工料费，并剔除了政策之外的提前搬迁奖等费用，结果审减7200万元，审减率达71%，客观公正地确定了拆迁成本，维护了文件政策的严肃性。

在东环北路建设项目国有土地上房屋征收概算评审中，送审金额为9198万元，经财政评审中心评审审定金额为4412万元，审减金额4786万元。

在南郊垃圾处理场搬迁概算评审中，因为这个项目是"自拆重建"的搬迁项目，在适用有关补偿政策时，我们严格把关，对有关职能部门已经认定的某项补偿支出提出疑问。经请示市政府后，节约财政投资3742万元。

在评审工作中，我们积极探索建立约束机制，规范工程监理行为。如在荷花家园公租房等项目中，市财政建议，通过合同的方式明确由监理单位承担结算内审责任。如其审核结果与审计部门最终结论误差超过5%，则按比例扣减监理服务费用。这种服务与收费直接挂钩的方式既促使监理单位客观公正行使职责，杜绝随意签证、虚假签证行为，又节约了委托中介机构初审的咨询费用。

2014年1—11月，财政评审中心共评审财政投资项目339个，审查金额32.68亿元，审减金额8.99亿元。这一年，市财政再次被省财政厅授予"全省财政投资评审工作先进单位"称号，这是自2011年省财政厅印发《湖南省财政投资评审工作目标考核办法》以来，株洲市连续2次（2年一次）在省厅考核中名列第一，被授予"先进单位"称号。

债务管理"规范"

为了规范我市政府性债务举债、使用、偿还等行为，防范我市政府性债务风险，按照相关市领导的要求，市财政积极推动了《株洲市政府性债务管理办法》的出台。

2014年9月，株洲市政府办公室印发《株洲市政府性债务管理办法》，对政府性债务的规模控制、举借使用偿还管理、预警管理等方面做出了详细规定。比如，对综合债务率超出100%（含100%），在150%以内（含150%）的县（市）区，给以黄色预警；超出150%的县（市）区，给以红色警告。

为了避免地方政府无限度举债，管理办法中设置了多道门槛。比如，政府举债不是"谁想借就能借"，"被认为不符合全市经济社会发展需要的举债计划，很可能在汇总编制下年度全市举借政府性债务计划时被'卡脖子'"。

另外，举债计划经市政府同意后，还得过几道"关卡"，先是要报市人大常委会审议，获得通过后，还要于当年的12月底前报省财政厅。管理办法中还特别强调，债务管理办公室根据省下达的原则性债务规模额度，再下达到市级债务单位执行。相关部门在编制下一年度的政府投资计划时必须根据省下达的政府性债务规模额度，合理控制好政府投资（举债）规模。

管理办法还建立了政府性债务规模管理和风险预警机制，跟踪分析政府性债务情况。如列入黄色预警的县市区，如未达到当年债务化解目标，其主要或分管领导要进行诫勉谈话；列入红色警告的县（市）区，不得新开工涉及财政性资金偿还的基本建设项目，不得新增公用经费支出，如未达到当年债务化解目标，将追究相关人员责任。

绩效评价"精准"

财政绩效评价，是指运用规范的管理方法、管理程序，对财政政策、制度、管理效益和预算支出目标、预算执行及预算支出结果实施综合评价管理。绩效评价必须从实际出发，实事求是、客观公正，才能彰显其提高预算管理水平，确保财政资金安全、规范高效运行的重要作用。

实例：事前绩效目标评审：不再做"事后诸葛亮"

财政部门要"管好钱、用好钱"，必须未雨绸缪，有"先见之明"。推行事前绩效目标评审，增强预算编制的科学性，有助于将有限的资金投到更加需要的地方去。

具体来讲，事前绩效目标评审，就是把预算绩效管理由事后评价引入事前环节，评估项目单位是否"万事俱备只欠'钱'"，即先评估"花钱目标""花钱预算方案"和"花钱预期效果"，再决定安不安排预算资金，安排多少，实现预算资金管理关口前移，解决一些部门预算单位"重要钱、重分钱、轻管钱、轻效益"的问题。

事前绩效目标评审是一项颇具难度的工作，除了要设置合理的评估指标，另一个难点就在于你要动预算单位的"奶酪"。2009年，在编制下一年度部门预算时，有89个项目由于没有通过我局绩效评价部门的审核关，不能进入预算编审环节，也就没有被纳入预算范围。2010年，我们将"绩效优先"确定为预算编制的重要原则，开始试行项目支出事前绩效目标评审。明确将评审结果作为预算编制的重要依据，也是政府采购和资金拨付的依据，对明显不科学、不合理的项目，坚决不予立项。重点选择了"拆除违章建筑经费"等11个项目进行评审，对项目立项依据的充分性、预期绩效目标设置的合理性、组织实施能力与条件、资金筹措情况等6个方面进行实质性的审查、分析和判断，提出了是否立项和资金安排额度的评审意见。2012年，对申报绩效预算不合格的单位，除不能进入下一步编审流程外，还在政绩评估中相应扣了分。

通过推行事前绩效目标评审，我们从源头提高了预算单位对项目的规划性，有效避免了"拍脑袋"编预算的现象。同时，提高了财政审核预算的科学性，为我们与预算单位之间的利益"博弈"搭建了有效沟通的桥梁。这还大大提高了绩效评价工作的权威性，评审结果与资金分配挂钩，绩效评价不再是"事后诸葛亮"。

实例：事中绩效监控：擦亮重点项目资金的"火眼金睛"

财政事中绩效监控处于预算绩效管理工作的第二步，是绩效管理中承前启后的一个重要环节。我们进行绩效运行跟踪监控，主要是在预算执行过程中，对绩效目标完成情况的跟踪管理、督促检查，对资金使用情况进行分析，对项目完成进度、阶段性目标完成情况、项目效益与预期目标偏差情况等进行阶段性跟踪、评价，确保项目能够如期完成绩效目标。

2014年，我们对预算安排的1000万元"重点项目前期工作经费"开展绩效监控，选取了科技创新资金、城市绿化费、耕地开垦费等10个重点项目作为试点，采取项目单位自行监控和财政部门重点监控相结合的方式。市财政通过听取汇报、实地核查及绩效运行信息采集、汇总分析的途径和项目资金运行的动态纠偏机制等方式，不定期对有关项目进行跟踪抽查，查找资金使用和管理及项目执行过程中的薄弱环节，提出解决问题的方法和措施。绩效监控时，市财政发现"重点项目前期工作经费"存在核算不规范、资金使用过程中监管不力等问题，有针对性地提出了"制定重点项目前期经费管理办法，明确经费申报范围和程序，强化用款单位责任，保证资金使用效果"的建议，得到了市领导的采纳，并出台了相关的资金管理办法。

实例：事后绩效评价：管理上去了，费用下来了

事后绩效评价是加强和改进预算管理的一面镜子。

在对"城市广场管理项目"进行绩效评价时，市财政发现，虽然财政每年都要投入一定的城市广场维护费用，但市民对广场的管理却并不满意。通过实施绩效评价，我们找到了问题的症结，即广场的管理部门多、职责不明，广场维护支出评价无标准，管理部门没有对广场维护支出实行独立核算。对此，市财政局向市政府提出了出台《城市广场管理办法》、引入竞争机制确定管理主体、合理核定定额保证广场维护需要、广场租赁等收入进入财政专户实行"收支两条线"管理等一系列整改建议，得到了有关部门的采纳。此后，城市广场的管理维护得到了根本性的改善，而财政投入城市广场的维护费，不仅没有增加，反而逐年减少了。

监督机制的健全完善，让"花钱必问效，无效必问责"的理念深入人心。预算单位的同志感叹："过去，财政的钱难拿好用，现在，财政的钱好拿难用。"

第五节 改革——善用一把斧子

改革，即改变与革新，就是改掉旧的不合理的部分，使其能适应客观情况。

经济体制改革仍然是全面深化改革的重点，而财税体制改革又是经济体制改革的重点内容。深化财税体制改革，是全面深化改革的"铺路石"，又是适应转变发展方式、促进经济社会持续健康发展的"压舱石"，更是推进依法行政、建设法治政府和国家治理现代化的"奠基石"。

唯改革者进，唯创新者强，唯改革创新者胜。面对新的财政形势，只有积极有为，迎难而上，亮出新思想，拿出新举措，才能革故鼎新，解决问题，推动财政事业跨越发展。

我们强化创新意识，转变理财观念，大力推进财政管理体制、部门预算、国库集中支付、政府采购等多项改革,努力向着建立完整、规范、透明、高效的现代财政管理制度的目标迈进。

建立"大财政"的理财格局

过去在工作中,我们常有这样的困惑:一方面,财政没钱做事;另一方面,大量的资金资源却闲置(沉淀)在一些部门单位,财政"捧着金饭碗讨饭吃"。究其原因:一是没有树立"大财政"理念。由于视野不够开阔、管理不够到位,财政只盯着公共财政预算盘子这点钱,没有把所有政府性收入整合利用起来,实现统一调拨、统一管理。二是部门缺乏公共财政意识。一些政府性基金收入、行政事业性收费被一些部门和单位视为自己的自有资金,千方百计逃避财政的管理。编预算时他们来争,说是他们自己的钱,没有意识到通过政府强制力收取的非税收入同样属于财政性收入。

在这种背景下,我提出要由"小财政"向"大财政"转变的理念,即不能局限于预算盘子这个"小财政",而要拓宽理财思路和视野,通过建立、完善全口径预算体系,形成"大财政"的格局。我们主要做了两件事:

其一,强化"收入大笼子"。推进"收支两条线"改革,加大政府资金的统筹和整合力度,把所有的政府性收入都纳入财政管理。

其二,完善"支出大盘子"。建立健全"一主六翼"的综合预算体系(以部门预算为核心,以政府性基金、社保基金、政府采购、政府投资、政府债务、国有资产经营6个专项预算为补充),将所有的政府性支出都纳入预算管理范围,实现"一个口子出钱"和"多种途径筹钱",切实增强政府的资金调控能力。

在这种思路引导下,株洲财政的手头就比以前"活泛"多了,当市委、市政府有需求的时候,我们也就能相对从容一些地应对了。

实例:向"有多少事尽力筹多少钱"的理念转变

在株洲的城市建设发展进程中,我们实现了理财理念的几个

第二章 源头活水

大的转变，其中之一就是，倾力服务发展建设，实现由"有多少钱办多少事"向"有多少事尽力筹多少钱"转变。

这个理念是在2009年提出来的。那时正是株洲城市建设如火如荼的时候。2008年开始，市委、市政府大力推进城市的"三创五改""四创四化"，誓言要改变城市的面貌。城市建设必然要比较大的资金投入，但是在当时，工程要推进，正是用钱的时候，却没有钱用。

城市建设要推进，市委的要求要执行，财政应该如何作为？在这种情况下，我们以敢于担当的勇气，提出财政工作理念要由"有多少钱办多少事"向"有多少事尽力筹多少钱"转变。

为了消除干部的疑虑，统一思想认识，我请来专家教授讲课，并用一则中国老太太与美国老太太在天堂对话的寓言故事启发大家。这个故事大意是这么讲的：中国老太太说，我是在攒了60年的钱，把房子建好后到天堂来的（没欠账）；美国老太太说，我是把住了60年的房子的贷款还清后到天堂来的（同样是没欠账）。同样是攒钱，同样是为了建房，结果是一个没住一天，一个住了60年。这就是观念差别所致。

同时，结合实际，我举了一个株洲城区建桥资金的例子，让大家接受"用子孙钱、为子孙办事，就是为子孙节约钱"的道理：株洲城区已经建了5座横跨湘江的大桥，我们发现，建桥的时间越早，投入的资金就越少。建一桥的时候，只花了3000多万元；建二桥花了2.2亿元；建三桥花了3.3亿元；建四桥花了4.9亿元；建五桥花了10.7亿元。由此，同志们得到了启发，接受了"有多少事尽力筹多少钱"的观念。在这个观念的引导下，我们全局上下，积极争资、融资、筹资，确保了市委、市政府确立的重大项目、重点工作的资金需求。

当然，凡事都应把握一个度，在规则和规律许可的范围内顺势、尽力而为，不能脱离实际，超出承受能力。所以，我曾多次强调，"有多少事""筹多少钱"的中间必须要有"尽力"两个字，这是一个前提。如果只讲"有多少事筹多少钱",一是财政做不到,不现实,最后变成了喊空口号;二是会出现脱离实际盲目举债的问题,影响财政的可持续发展。"尽力"二字体现的是一种主动作为,一种责任担当,一种进取精神。

实例:"晒三公"经费:迈向"阳光财政"的一大步

"三公"经费数据的公开是打造"阳光"财政、法治财政的重要一步。

2013年,为贯彻落实国务院的重要文件精神,按照中央和省统一部署,我市全面启动了预决算公开工作。我们出台了《株洲市财政预决算公开工作实施方案》,统一部署全市预决算公开工作。市本级选择16个预算单位、城市5区及炎陵县选择部分单位进行了部门预算及"三公"经费预算公开试点。

2014年,市本级新增13个预算单位进行公开,实现了政府组成部门的预算信息全公开。

2015年,市本级政府的四本预算和决算、"三公"经费预决算全面向社会公开。除涉密部门外,市本级公开预算和"三公"经费的部门达到了87个。各部门"三公"经费继续下降,以2014年已晒出部门预算的29家部门为例,"三公"经费削减了2917.32万元。相比以往,2015年预算公开的内容更细,全面反映政府收支情况,预算资金安排的透明度进一步提高。一般公共预算基本支出还公开了经济分类,让社会公众清楚知道财政资金哪些开支了工资、哪些购买了商品和服务、哪些是对个人和家庭的补助、哪些用于资本性开支等。如此"全、细、严"部门预算和"三公"经费公开在株洲尚属首次。

此外,2015年,我们继续扩大了重大民生政策性资金的分配结果向社会公开的范围,公开了45项重大民生专项资金的分配使用情况。

与此同时,我们积极完善网上公开查询系统,使收入预算、

第二章 源头活水

支出预算、"三公"经费预算一项项全部做到有据可查，做到每一个市民都可适时查看。各部门的"三公"经费究竟占政府开支多少，这些钱是怎么用的，普通市民敲敲键盘，点点鼠标，便可轻松查看。

实例：零基预算："先定事后定钱"

在宏观经济环境进入新常态的大势下，株洲的发展亟待转型升级。作为政府实施宏观调控的"左右手"，如何深化财政体制改革、发挥财政资金杠杆作用、促进经济稳定健康发展，是我们面临的重要课题和任务。

为此，我们抓住预算这一"龙头"，在编制 2015 年市本级预算时，以改革的思路和办法，加大财力统筹和归集力度，努力确保市委、市政府确定的发展战略、重点项目的需要。其中的一项改革措施就是全面实行零基预算，集中财力保重点。

零基预算本来是预算编制的基本原则，但全国各地、从上到下，在编制预算时的实际做法基本上都是保基数、分增量，各个部门的预算只增不减，已经到期的项目往往也是通过其他项目来置换。同时，在专项资金分配方面，政策层面有法定支出的要求，一半以上的资金是先定金额再找项目；操作层面实行分线分块管理，按战线来平衡。当然，这样做我们的工作压力会小些，矛盾意见会少些，但财政资金使用的科学性会大打折扣，无法充分发挥财政资金支持经济转型升级的作用。

在编制 2015 年预算中，我们下决心实行了真正意义上的零基预算，所有的专项重新申报、重新认定，具体做到"三不"：立项依据不充分的不安排，绩效目标不明确的不安排，当年不能形成支出的不安排。同时，对预算项目实行分类管理，区别对待。我们将专项资金分为七大类：一是政策性刚性支出，二是保障城市正常运转和运行的支出，三是支持产业发展资金，四是已建和在建的项目支出，五是偿债资金和总预备费，六是新建项目，七是其他事业专项。其中一至五类是需要优先保障的项目，按照"有多少事尽力筹多少钱"的原则来安排；后两项是重点控制的项目，按照"有多少钱办多少事"的原则来安排。

按照零基预算的原则安排专项资金预算，先定项目再定资金。专项资金安排的原则是：

第一，紧扣市委、市政府的战略部署。优先保障产业振兴、县域崛起、城镇扩容提质、两型建设"四大攻坚战"资金需要。盘活存量，统筹增量财力，主要用于建立偿债准备金和产业引导股权投资基金。

第二，清理规范教育、科技、农业、文化、医疗卫生、社保、计划生育等重点支出同财政收支增幅或生产总值挂钩事项，据实安排重点支出，不再采取先确定支出总额再安排具体项目的办法。

第三，打破基数概念，结合可用财力情况按照轻重缓急来安排专项。

第四，部门运转经费据实打足后，专项资金中一律不再安排工作经费，在预算执行时不得调剂用途。

第五，分清各级事权和支出责任，除政策性配套外，从严控制下县区经费。

实例：专项资金分配：不再"撒胡椒面"

财政专项资金设立的初衷，是促进正常的财政预算制度下没有顾及或者顾及不够的项目的发展。过去，专项资金使用安排的一个主要问题是财力分散，各种专项资金被分到许多项目上，撒了"胡椒面"，人人碗里都有一星半点，但又派不上大用场。同时，由于政府部门之间的职能交叉、专项资金使用范围界定不清楚等因素，造成一些部门多头申请，项目重复安排。

为了改善这种状况，我们大力推动了专项资金管理制度建设。2014年，我们研究制定了"1+N"专项资金管理办法，即《株洲市市本级财政专项资金分配审批管理办法》加若干个具体专项管

第二章　源头活水

理办法，做到每一个财政专项资金都有具体的管理办法，共出台了65个具体专项资金的管理办法。严格设立程序，完善分配审批制度，建立动态调整、收回机制。所有专项资金分配都要"先定办法，后分资金"，严格按照审批程序和权限分配，实施科学决策、集体研究，减少资金分配的随意性，提高科学性和公平性。

根据中央、省和市委、市政府的重要政策、重点工程和重大规划，我们通过部门内整合和跨部门整合等方式，将资金性质和使用方向相同的上级补助专项资金和市本级财政安排的专项资金统筹使用，形成合力，努力将公共资源配置到最需要的领域和环节，避免各自为政、重复建设和"撒胡椒面"现象。

如通过整合，2015年预算安排的专项数比2014年减少283个，压减率达到30%。以产业类发展资金为例，过去产业类资金有近20个项目，资金总量达到2.6亿元，均分散由相关职能部门进行管理，资金分配上难以形成合力，产业引导上重点不突出，作用不明显。2015年，我们把这些分散管理的资金全部整合起来，不再按产业分线分块安排，在财力并不宽裕的情况下，挤出财力安排了5亿元的产业发展资金和6亿元的偿债资金。

实例：把资金流变成指标流

相较于传统意义上的财政支出管理而言，国库集中支付改革无疑是一场基于现实的脱胎换骨式变革。实行国库集中支付，就是要改变预算资金多头拨付的格局，变分散拨付为集中支付，变"分支放流"为"总闸放水"。按照体制设计，任何财政支出在实际发生前，其资金必须存放在财政国库，使国库成为财政资金集中存放的"蓄水池"、监督资金有序运行的"安全阀"和支持经济社会发展的"调节器"。

为了推动国库集中支付改革，市财政先后出台了《株洲市预算单位财政国库管理制度改革资金支付管理办法》《株洲市市级预算单位银行账户管理办法》《株洲市国库集中支付制度改革直接支付与授权支付范围划分细则》等十多个规范性制度和规定，从国库集中支付制度改革的资金划分、审批模式、账户管理、会计核算、操作规程等各个方面进行了全面系统、环环紧扣的制度设计，确保了改革的有章可循、有序推进。

按照国库单一账户体系的改革要求，市财政坚持"区分情况、分类实施、循序渐进"的工作原则，稳步推进账户管理改革。通过在人民银行设立财政零余额账户，对预算单位直接支付资金实行零余额管理，创新了财政部门与预算单位之间资金拨付管理的模式，过去那种财政与单位之间"用多少拨多少"、经费划转基本通过资金流动核算支出的方式被指标划转方式所取代，资金流变成了指标流，实现了单位各类支出由财政部门通过国库集中支付直达商品、服务供应商或用款单位的改革目标。

让"花钱的不见钱"，改变过去财政支出先由财政部门实拨资金到各预算单位账户，再由单位"中转"拨付到商品和服务供应商的传统做法，而通过财政国库集中支付网上直拨，运用指标流转方式，将资金直接拨付至商品和服务供应商。这一改革模式曾经对于很多预算单位的财务人员来说，是一件既感到新奇，又心生疑虑的事情。一方面，改革意味着各单位像以前那样提着现金、拿着支票去购买商品或服务的情形不会再发生了；另一方面，财政集中起来支付，每天面对200多个市直单位和如此众多的各类支出项目，能保证百分之百准确无误地支付到位吗？事实往往最有说服力。据统计，实行国库集中支付改革以来，我市纳入集中支付改革的单位数量由改革之初的80多家增加到了200多家；支付资金范围由过去的预算内资金扩增加到所有财政性资金；集中支付资金量由开始的7000多万元增加到了2014年的44亿元；资金到账时间由以前的3~5天缩减为现在的一天。其中体现的是财政资金支付方式发生的根本性变化，而这一变化的结果是集中支付范围得到扩大，资金增加，效率提高，这正是国库集中支付由"中转实拨"向"网上直达"模式创新带给人们对诸多疑问的

第二章 源头活水

有力回答。

"预算分钱不拨钱，国库拨钱不花钱，单位花钱不见钱"的财政资金管理模式，已然成为支出领域深化改革的风向标。

实例：高效的"无纸化"网上支付

2014年1—7月，市财政支出149.6亿元。这些钱是如何支付出去的呢？很简单，两个字——网络。

财政的集中支付业务实现了电子化，全部在网上进行，预算单位将支付事项录入系统里，财政部门在网上对其进行审核后，最后由代理银行通过支付系统打款。而这些步骤只用点击鼠标就能完成。

集中支付电子化将各单位支付信息以电子支付令形式通过网络传输，实现了财政资金支付在申请、审批、付款、清算等各环节的全程信息化，并将财政监管职能以技术手段嵌入支付流程中，开创了管理加强和效率提高的"双赢"局面。财政授权支付电子化的实行，标志着我市市直单位国库集中支付工作已领先全省全面步入"电子化"运行管理的"快车道"。

在国库集中支付全面实行电子化之前，国库支付处理每一笔账目，都要在财政部门、预算单位、银行三地往返，打印、预算单位盖章、银行盖章、分发各单位等多个环节都要排队等候，既耗费了大量人力、物力，导致工作效率低下，还容易出错，而且纸质单据仅仅依靠政府部门的"大红印章"鉴定，容易造成财政资金的安全隐患。而实行电子化后，工作人员不用跑到各个部门盖章了，所有流程全部通过网上流转，代替了以往的"大红章"，网上审核更可靠、安全。随着工作效率的提高，支付窗口工作人员也从改革初期的24人精减到目前的6人。

实例：信息技术助推非税管理规范化

为规范管理非税收入，我们特别注重利用现代信息管理技术，开发和推广应用非税收入信息监管系统，改善征缴管理手段。通过建立非税收入项目信息库，推广电脑开票的票据管理方式，实现执收单位、代收银行、财政部门之间联网和信息共享，提高工作效率和管理水平。

比如，2014年3月，市财政局和交警部门一起，推出了株洲交通违法网上处理支付平台。作为全省首个开通的交通违法支付平台，它依托株洲网上公安局及株洲交警信息网，设立了专门的交通违法处理窗口。用户在进入本平台后，只要输入车牌号码、号牌种类、发动机后四位识别号，便可查询车辆在本市范围内的交通违法记录，并在线处理、缴纳罚款。在对相关违法行为进行网上处理及支付后，系统会及时对已处理的违法记录进行销号。

这个平台的开通，是我局规范管理非税收入的举措之一。通过创新征收模式，一方面，给老百姓提供最大的便捷；另一方面，非税收入也可以直达财政，减少腐败的可能，确保资金的安全。

实例：投融资新模式：让路灯"轻松升级"

每当夜幕降临，株洲的大街小巷灯火璀璨，许多市民纷纷走上街头，欣赏美丽的株洲夜景。在欣赏株洲五彩斑斓夜色的时候，我每每会有一种自豪感，因为其中也有我们财政人的付出和努力。

从传统的汞灯，到耗能小、光效高的高压钠灯，再到节能高效的LED节能灯，株洲的路灯在不断实现升级。这是株洲积极推广节能灯具、实施节能降耗、推动"两型社会"发展的一个缩影。

2014年1月10日，市政府常务会议明确，株洲将在6个月内对城区3万盏路灯进行节能改造。经初步概算，路灯节能改造工程总支出约需1.56亿元。

这不能不说是一笔较大的支出。怎么才能少花钱办好事呢？只有拓宽思路，向革新要办法。为此，我们积极参与，引入了一种新的投融资模式——合同能源管理模式（简称EMC），即由节能服务公司先投资进行节能改造，然后从节能效益中按比例、分年度偿还其投资。这种模式具有"零投资、零风险"的优点。节能改造后，城区路灯年耗电量将由原来的 4440 万千瓦时下降到 1893 万千瓦时。与之前路灯全部开启时相比，每年可节省电费 2308 万元；与之前节能运行模式相比，每年仍可节省电费 1700 万元以上。在 EMC 模式下，节省下来的电费可支付改造工程投资费用。

实例：PPP 模式——让株洲正式告别垃圾填埋

2014 年 10 月 26 日上午，株洲城市生活垃圾焚烧发电厂点燃焚烧炉，宣布株洲正式告别垃圾填埋，进入垃圾焚烧发电的新阶段。

株洲垃圾焚烧发电厂总投资 7.5 亿元，总规模为日处理生活垃圾 1500 吨，年发电量约 1.5 亿千瓦时，年可节约标煤 30 多万吨，降低碳排放 9 万吨。这是湖南省首个采用国内外最先进的机械炉排炉焚烧技术工艺的垃圾焚烧厂，烟气、渗沥液、飞灰处理达到国家排放标准，烟气的重要指标达到欧盟排放标准。

这个垃圾焚烧发电厂的建成，标志着株洲市迎来无害化、减量化和资源化的垃圾焚烧发电模式。这是一个真正能为全市老百姓带来实惠、有效解决垃圾围城问题、改善城市环境的民生环保项目。

这个项目顺利实施与当前的一个"时髦词语"有关，那就是"PPP 模式"。

在财政体制改革领域，PPP 模式成为这几年的高频词，什么叫 PPP 模式？PPP（Public Private Partnership）直译为"公私合作伙伴关系"，在国际上是指公共部门和私营部门通过平等合作共同提供公共产品，是基础设施领域通用的投融资模式之一，在英国、法国等西方国家运用较多。2014 年以来，我国将 PPP 定义为政府和社会资本合作，是指政府为增强公共产品和服务供给能力、提高供给效率，通过特许经营、股权合作等方式，与社会资本建立的利益共享、风险分担及长期合作关系。通俗地说，就是政府把归他们负责的公共产品，交给市场来做。PPP 模式可以优化地方政府债务结构，降低政府债务风险。充分发挥财政资金的撬动作用，吸引社会资本参与公益性基础设施建设，提高公共产品供给效率，有效缓解了地方融资难题，减轻了财政支出的压力。

湖南省是财政部批准的首批PPP试点省份之一，株洲市城市生活垃圾焚烧发电项目则被省财政厅确定为试点项目。这个项目是我们将公共产品交给市场，将民间资本请进来的一个成功范例。它改变了传统的"政府包干"垃圾处理模式，开启"政府与社会资本合作（PPP）"的垃圾处理模式。

对于PPP模式，市财政可谓驾轻就熟。2014年4月，我们出台了《株洲市财政局公私合作模式试点工作方案》，PPP项目库随之建立。东城大道、中环北路、株洲港铜塘湾港区、东环北路二期和垃圾焚烧发电项目等PPP项目被陆续上报到省财政厅。6月12日，株洲市首个PPP模式项目——城发集团东环北路二期工程正式开工。PPP模式正为株洲的发展带来新的契机。

实例：政府采购——"背对背"竞价的阳光采购

2013年11月起，株洲市市直单位限额内的货物类采购开始实行网上竞价采购。采购类目已确定笔记本电脑、台式电脑、服务器、打印机、数码摄像机、空调等23种办公用品。货物类单次采购计划金额3000元及以上、10万元以下的，均实行网上竞价采购。

按照相关规定，政府采购货物，首先要申报采购计划，由我局的相关科室对项目立项审核，最后在"株洲市政府采购网"发布。供应商在规定时间内，登录网上"竞价大厅"进行报价，报价都以随机码形式显示。竞价时间截止后，系统根据"价格优先、时间优先"的原则，最低报价者被自动确定为成交供应商，并在网上签订电子合同。

对于供应商来说，通过网上竞价系统，不用总是往政府跑，手续简化了，效率也大大地提高了。政府采购全过程公开透明，能最大限度地避免人为因素的干扰。

第二章 源头活水

实行网上竞价采购,将以前"面对面"的谈价,转变为"背对背"的竞价,能最大限度地降低采购成本,节约采购资金,避免暗箱操作、过程不透明等问题,使政府采购成为真正的"阳光采购"。

实例:政府购买服务——市场化带来更高"性价比"

政府向社会力量购买服务,是创新公共服务提供方式、引导有效需求的重要途径,有利于转变政府职能,优化资源配置。市财政在政府购买服务方面进行了一些积极的探索。在购买公共服务方面,我们积极推进了公共自行车租赁、送戏下乡、城市管养市场化改革、购买社会工作服务试点等工作。

比如,在城市管养市场化改革方面,市财政就积累了成功的经验,对株洲城市面貌的大幅改善起到积极作用。

传统意义上的城市环境卫生管理、作业、监督等都由政府统包统揽,经费由财政保障,难以激发内部活力,导致资金使用效益低,作业标准和服务质量不高。为解决这一问题,2008年以来,市财政就开始积极探索向市场购买城市管理服务的新路子,在自愿、平等的基础上,通过合理的价格体系,由政府出资,调动市场资源向社会提供清扫保洁作业等服务。株洲以街道为单位,把主次干道、小街小巷乃至无人管理的老旧小区的清扫保洁和"牛皮癣"清理工作整体打包,面向市场公开招投标,选择实力雄厚、管理规范的专业公司进行市场化经营。

运行市场化,实现了财政资金从"养人"到"购买服务"的转变。

环卫清扫保洁等城市管理服务推向市场后,管理主体、作业主体进行了分离,责任更加明晰,政府依据合同约定考核专业公司,根据考核结果核拨经费。企业化管理让环卫工作更加注重效率,效果也更加明显。

2008年,株洲市城区市场化保洁面积为1325.56万平方米,合同总价为5628万元。随着保洁范围、作业标准的提升,这一组数据到2013年分别增加到1715.13万平方米和1.07亿多元。

从字面上看，虽然财政的投入增加了，但是随着城市环境的迅速改善，株洲市的影响力和吸引力不断提高，带来的经济效益和社会效益不可估量。2012年，株洲获评"福布斯中部最佳商业城市"，北汽、华强、中航高精传动、山河智能、普洛斯、希尔顿等项目先后进驻株洲，在株央企达到17家，世界500强企业达到10家，地区竞争力显著增强。

实例："营改增"试点——让企业轻装上阵

扩大"营改增"试点，减轻和公平企业税负，是株洲市财税改革的一项重要任务。

为此，株洲市成立了"营改增"试点工作领导小组，并由我局牵头，于2013年6月至2014年5月，分3次对试点纳税人进行交接。

据统计，2013年8—12月，株洲市共确定"营改增"纳税人2387户，减少税收4400万元。2014年，全年减少税收9000万元。

以株洲市公共交通有限公司为例。这家企业由1958年成立的国企改制而来，现有在岗职工2600多人。企业人员包袱重，效益不佳，逐年攀升的人力资源成本给企业发展带来不小压力。2013年，在财政部、国家税务总局下达营改增的通知之后，市财政和税务部门立即行动，决定从当年8月1日起，对株洲公交改征增值税。2014年9月，株洲公交及下属巴士、发展、广告3个子公司，实际只缴纳增值税及附加368.6万元。如按原缴纳营业税及附加额计算，他们需缴纳1093.9万元，公司实际减轻税负725.3万元。

减轻企业负担，释放改革红利，小微企业也是福音频传。2013年，全市对月收入小于或等于2万元的小规模企业免征增值税46.6万元、营业税195.8万元，对年纳税所得小于6万元的小微企业减免所得税1120万元。2014年，全市小微企业受惠面扩大21%，减免企业所得税超过1600万元。

第三章　上善若水

上善若水，水善利万物而不争，处众人之所恶，故几于道。

——老子

"上善若水，水善利万物而不争，处众人之所恶，故几于道。"这是出自老子《道德经》的名言，千百年来被人们传颂。对于老子这段话，我的理解是：最高的善，就像水一样，水善于滋养万物，却不与万物争高低，停留在众人不喜欢的地方，所以最接近"道"。老子赞赏的是水的美德，推崇的是为人处世要有水一样的优良品格。

我曾在《读书随想》中，倡导学习水在七个方面的品格，或者叫"七德"：一是甘心处下的谦虚之德，二是哺育万物的奉献之德，三是一碗水端平的公正之德，四是源头活水的创新之德，五是奔流不息的进取之德，六是流水不腐的清廉之德，七是涵纳百川的包容之德。并强调，仅仅对水之七德有所向往是不够的，更需要在实践中不断陶冶。

水聚财，财似水。财政人"在水一方"，我觉得，这是我们的福分，因为在这个岗位上，我们可以为社会、他人做很多有益的事情。这里，我们仅从甘心处下、激情奉献的角度谈谈财政人的若水情怀。

第一节　忧人之忧

有人说，搞好财政工作，无非两句话，那就是：千好万好，各方没有意见就是好；千难万难，该保的保障到位了就不难。这话说起来简单，做起来其实很难。它需要我们在实际工作中忧人之忧，学会换位思考，强化服务意识，多支持部门单位干事，多为他们解决实际问题。

实例：中心医院建设的三个"最好"

市中心医院建设项目，是株洲市有史以来投入最大的一个公益类项目，市委、市政府和全市上下对此都十分关注。

这个项目投资最初的概算是4亿多元，但在建设过程中，由于功能提升、成本增加、设计变更等问题，到2012年，投资规模大幅增加，建设资金远远超过了原有概算，使工程进展困难，难以按原计划竣工搬迁。特别是这本资金账一直没有算清。

有关领导对此忧心忡忡，医院方面也愁眉苦脸，在社会上炒得沸沸扬扬。当时，中心医院的建设问题成为市委、市政府领导亟待解决的一道难题。

2012年11月，市领导要市财政局对中心医院的投资情况进行全面审核。接到任务后，我立即组织精干人员，对医院的收支运营、投资建设情况进行摸底，对资金缺口等问题进行反复测算，终于把账算清了。

后来，市委、市政府主要领导召开现场办公会，我在会上回应中心医院的资金问题时，讲了三个"最好"的意见：资金筹措到位最好、工程款按进度拨付最好、医院发展前景最好。

如何解决医院建设的资金缺口，我们向市委、市政府建议：财政除每年安排其贷款贴息资金外，还通过争取地方债，2年内再安排4亿元支持医院建设。

听我这么一说，之前还很沉闷的会议气氛，一下子就活跃了起来，领导听了喜笑颜开，医院和主管部门听了兴高采烈。最后，市主要领导表态：就按财政的意见办！

2013年3月，中心医院对外开放，标志着株洲市三级医疗服务体系（市级医疗中心、区域医疗中心及基层医疗服务机构）中的市级医疗中心全面建成，对缓解我市群众看病贵和看病难等问题有着重要意义。

实例：为投融资公司"出头"

一般来说，财政保吃饭，建设靠融资。但在2008年、2009年时，一方面城市建设要巨大的投入，另一方面承担建设任务的投融资公司却一时融不到那么多资金。

一时间，株洲市的几家投融资公司集体患上了"忧郁症"，而症结就是资金的匮乏。

市委、市政府就把这个棘手的问题交给了财政局。

政府有决定，市财政就要落实；投融资公司有困难，我们就应帮忙。由此，市财政承担起部分本应由投融资公司承担的融资任务，也就是帮投融资公司（如城发集团）到银行贷款。

最后，我们以非税处、行资公司为融资主体，采取抵押、质押等方式从商业银行贷款近10亿元，用于支持城市"五改""四化"等重点项目建设，及时缓解了城市建设的资金难题。

第二节　急人之急

公共财政肩负着服务发展、服务基层、服务群众、服务部门的重要职责。"理财让公众放心，服务让社会满意"是我们财政人的目标和责任。

我经常提醒自己和局里的同事："财政部门就是服务部门，财政局的每个岗位都是服务岗位。"

服务的内涵是什么？其中很重要的一点，就是要雪中送炭，急人所急。

实例：特事特办的学校借款

2013年7月，株洲市第四中学（后文称四中）欠银行的一笔贷款即将到期。当时，学校经费周转困难，一时难以归还贷款，而银行又不同意展期，只同意学校将贷款还了以后再贷出来。

随着还款日期的日益接近，四中想了很多办法，仍无法筹到这笔款项，心急如焚。如果不能按期还款，学校将面临每天几万元的罚息。在这种情况下，四中找到财政局请求支持，并承诺在15天内归还。

我们在派人了解实际情况，并经过风险评估后，决定从国库中借钱给四中，帮助解决他们的燃眉之急。

后来，银行方面认为四中还款及时，又重新贷款给四中，四中也遵守承诺及时把钱还给了国库。

记得当时有人说：借，有风险；不借，没责任。我倒不这么看，有时候"一分钱难倒英雄汉"，何况教育投入本是财政之责，学校有困难，我们不能袖手旁观。

实例：协助湖南工大筹资建校

湖南工业大学是一所坐落于株洲的省属综合性大学。2006年2月，经教育部批准，学校由株洲工学院更名为湖南工业大学，同年合并了株洲师范高等专科学校和湖南冶金职业技术学院。

学校一直处于快速发展之中，河西新校区的建设投入很大，资金非常紧张。学校计划处置旧校址以筹集建设资金，但它是省管单位，其省直管土地出让收入须取得省财政厅、国土厅的批复才能分配。

在学校方正为资金问题一筹莫展、资产处置又不知如何启动之际，我们及时伸出了援手。我局的非税处主动承担了湖南工业大学国土出让方面的相关工作。比如，土地处置的前期事项，土地出让后资金的及时收回、催缴，与省非税局等上级部门的汇报衔接，等等。

2011年以来，经过扎实、细致的工作，我们协助该校筹集土地成交价款9亿多元，并很快拨到学校账上，解了湖南工业大学的燃眉之急。

第三节　助人之需

财政工作面临着许多实际问题，与事业发展、百姓冷暖息息相关。顺应群众意愿，回应群众关切，满足群众需求，是财政工作义不容辞的责任。

助人之需，从群众最希望做的事做起，切实解决他们最关心、最直接、最现实的利益问题，把好事、实事办到群众心坎上，这是财政工作的应有之义。

实例：阳光洒在"城市美容师"的心上

2015年7月底，株洲市首批175名环卫工人拿到了城区住房保障实物配租合同。这标志着株洲市的环卫工人正式享受住房保障待遇。

这是市委、市政府对环卫工人的亲切关怀，市、区财政部门也付出了积极努力。

株洲市的环卫工人大多来自农村或外地，按照以往的住房保障政策，非本地户口是不能申请廉租房的。为了解决他们的住房问题，2014年底，株洲市出台《株洲市城区环卫工人住房保障暂行办法》（为省内率先出台针对环卫工人住房保障办法的市州），凡在城区工作满一年以上、在城区无住房或人均住房住建面积低于15平方米的环卫工人，均可享受住房保障。

根据批次安排，首批受益者为工作满5年以上的环卫工人。经统计，全市共有175人符合这一条件。按照株洲市保障房的租金标准，每平方米每月租金仅1.6元，一套50平方米的房屋，每月租金仅80元。

株洲市环卫工人得到了市委、市政府越来越多的温暖和关怀。2014年8月14日，株洲市城市管理委员会会议决定，城区环卫工人工资每人每月增加200元，并购买养老保险、失业保险、医疗保险、生育保险和工伤保险，所有费用由财政安排。据统计，株洲市当时有一线环卫工人5000多名。仅此一项，市、区两级财政每年便需筹措资金6000多万元。

实例：幸福的荷花家园

  2013年6月28日，荷花家园廉租房小区的样板房首次对外开放。走进房间，50平方米的空间，被分隔成两室一厅一厨一卫的格局，室内通风透光良好，厨房用具、卫生间洁具一应俱全，管线预埋到位，就连空调孔都已经被施工方细心地打好。这样高质量、高标准的廉租房，让市财政局前往察看的同志终于松了口气。

  荷花家园小区位于石峰区井龙办事处九郎山村，是全省首个高层保障性住房项目，规划建设19栋15至32层不等的高标准住宅楼，也是株洲市本级保障性安居工程的重要组成部分。

  建设好荷花家园小区，我们财政局责无旁贷。为落实保障性住房建设"特事特办"的要求，从这个项目启动之时，市财政就组织相关科室（单位）召开专题会议，讨论如何高效、优质、规范为项目建设做好服务工作，明确各部门专人跟踪服务项目建设，建立了财政服务绿色通道。

  为了确保项目建设稳步实施，市财政积极筹措资金，本级配套资金及时安排到位，拨付项目资金约1.07亿元，还想方设法争取上级专项补助资金约1.13亿元。

  市财政对项目进展情况保持着持续关注，局里的相关领导和科室人员经常到有关部门、项目现场了解情况，出主意、想办法。征地拆迁工作进入关键时期，市财政多次安排人到现场察看拆迁进度、拆迁协议，测算资金需求，并及时调度资金保障拆迁需要。当了解到荷花家园一期两个标段施工方长期垫资施工，市财政当即组织市房产局、市住房保障处有关人员到项目现场，察看工程进度，听取施工单位、监理单位的诉求，迅速拨付工程进度款，对于超预算部分，要求业主单位抓紧按程序办理相关审批手续，避免长期拖欠施工方款项。财政投资评审中心在评审项目多、任务重、人手紧的情况下，优先安排了对荷花家园项目工程预算的相关审核、征地拆迁概算评审等工作，加快了项目进程。

实例："政企共建"廉租房的新模式

株洲市是国家老工业城市，来自企业的无房和住房困难职工约占全市住房保障对象的80%。在多渠道兴建保障性住房过程中，株洲市注意发挥和调动企业参与，在湖南省首创"政企共建"廉租房建设新模式，让一大批低收入的困难职工，沐浴公共财政的阳光。

位于石峰区丁山路的丁山小区，是株洲市"政企共建"兴建的廉租小区之一，建设用地总面积为7787平方米，原址是省建五公司的仓储用地。省建五公司已经十多年无力为职工兴建住房，由财政出资、政企合作共建的3栋楼216套，在很大程度上缓解和改善了无房职工及棚户区职工的住房问题。

我们和房产等相关部门已经与省建五公司、株化、桥梁厂、东风冶炼厂4家企业成功合作，利用企业的生活配套用地，插花式兴建了4个廉租房小区，建设入住廉租房456套。这些"政企共建"廉租小区，都建在企业周边，位于中心城区的成熟居民区，可以说建在老百姓最想住的地方，居家、生活都很方便。

"政企共建"廉租房小区是我市大力兴建保障性安居工程的一个缩影。

2007年以来，市财政多方筹集和投入保障性安居工程资金20.92亿元，其中中央资金12.49亿元，省级资金1.65亿元，地方配套资金6.78亿元，累计新增保障性住房和各类棚户区改造10万套，发放廉租住房租赁补贴2万户，累计保障对象突破10万户。

同时，市财政与相关部门一起，畅通拨付通道，保证协同推进，并且初步建立起了保障性住房项目建设资金绩效评价指标体系。这一做法不仅得到省财政厅的肯定，还得到财政部的认可。

实例：农田灌溉，政府"埋单"

"我们不用再缴纳农田灌溉水费，水费由政府来埋单了。"2008年初，这样一条消息像长了翅膀，迅速地传遍了株洲的山山水水，农民朋友们奔走相告、喜上眉梢。

株洲市这一惠农政策，开全省先河。

政策出台后，资金筹措任务落在了财政部门身上，我们立即会同有关部门就资金情况进行了调查测算，同时拿出了几套资金补助方案。最后，经过反复讨论和征求意见，我们确定了一套最优的财政补助方案。依照这一方案，既确保了农民用水，又有利于灌溉工程设施的维护，还解决了水管单位水费收缴难、单位正常运转困难的问题。

通过整合财政支农资金，从2008年起，株洲市的农田灌溉水费全部由财政支付，市、县两级财政每年筹措资金2128万元，株洲市农田灌溉用水由农民缴纳水费由此成为历史。

第四节　帮人之难

保障和改善民生，关键是要解决好人民群众根本利益问题。株洲市在重点解决好社保、低保、环保和就学、就业、就医"三保三就"等民生问题的基础上，积极探索实施了多项"亮点民生"工程，有效解决了群众的实际困难。

为了把群众的事情办好，市财政局提出"有心、有钱、有办法"，只要是市委、市政府要求要办的民生实事，只要是群众亟须解决的问题，财政一定要想方设法确保资金到位，努力使公共财政最大限度地惠及广大群众。

实例：市立高中债务"一把扫"

财政局的同志有句口头禅，就是"教育事业怎么支持都不过分"。因为大家都懂得"教育是立国之本、强国之基"，每一所学校都是教育基地，承担着培育祖国下一代的责任。然而，由于财政资金有限，很难满足实际需要的支出。因此，不少学校在改善办学条件时，或多或少欠了一些账，这让教书育人的校长和老师们很是纠结，甚至给正常的教学秩序带来不利影响。情况反映到市财政局后，我立即安排财政局教科文科同志深入学校了解具体情况，再提出具体的解决方案。

2012年末，我们与教育局联合召开了市立高中校长座谈会。在认真听取各位校长，把各自负债的原因、负债的额度及带来的问题后，我们觉得校长们反映的情况实在，负债的原因也完全可以理解。于是，与教育局商定，将各校的欠款共计2080万元，全部由财政安排资金解决。资金来源于铁路学校下地方安置结余资金、教育附加超收等资金统筹。校长们如释重负地鼓掌为财政点赞。

实例：城镇低保的7次提标

城镇居民最低生活保障制度，关系到困难群众的切身利益，更关系到改革、发展和稳定大局。为了使这项利国利民的"民心工程"落到实处，市财政可谓不遗余力，尽可能地多筹措资金，不断提高低保标准。

2014年7月8日，市财政和市民政局联合下发《关于株洲市城区城镇低保提标的通知》。荷塘区、芦淞区、石峰区、天元区、云龙示范区5个区城镇居民最低生活保障线标准由月人均400元提高到420元，上调幅度为5%，低保对象人均补差达到305元。新的最低生活保障线标准从2014年1月1日开始算起。

至此，从2008年到2014年，株洲市城区城镇低保保障线经过7次提标，已从220元提高到420元，处于全省领先水平。

在财政的有力支持下，株洲市不断提高了一些民生项目的保障标准。比如，2014年，按照10%的标准继续上调企业退休人员基本养老金，人均养老金月增加190元；城乡居民基础养老金最低标准从每人每月60元提高到65元；新农合、城镇居民医保人均补助由 280 元提高到 320 元。

实例：让看病不难不贵的财政努力

2013 年 12 月，全省第一家心血管病技术培训与交流中心——"株洲市心脏中心"，在市中心医院成立。从此，每月都有中国医学科学院阜外心血管病医院的专家专程前来指导手术，至今已有近两万心血管疾病患者从中受益，治愈率大大提高。

从 2014 年起，市财政连续 3 年每年投入 1000 万元用于市直公立医院重点专科建设，"心脏中心"就是其中的重中之重。而且，自 2009 年医药卫生体制改革以来，全市各级财政累计投入 83 亿元，主要用于公立医院基本建设、大型设备购置、重点学科发展等，重点支持了株洲市中心医院基本建设、市二医院门诊大楼建设、市人民医院住院楼建设、市卫生信息化建设等重点民生工程，用于解决老百姓看病难、看病贵之忧。

在公共财政资金的支持下，株洲市医改工作破冰前行。6 年间，我市新型农村合作医疗补助资金达 32.89 亿元，惠及参保人数 272 万人，补助标准提高 4 倍。城镇居民基本医疗保险补助额达 7.49 亿元，惠及参保人数 64 万人；市本级儿童及学生、非从业及老年居民、职工基本医疗保险、大病互助险的年度最高报销额分别提高到 15 万元、10 万元、6 万元、14 万元。在不断增加财政投入的前提下，基层医疗卫生机构公益性得到进一步显现，群众看病就医负担明显减轻。实施基本药物制度后，株洲市基层医疗卫生机构门诊次均药品费用下降 34.6%，住院次均药品费下降 46.5%。

实例："公益为先"的社区卫生服务中心

解决看病贵、看病难的问题，合理优化医疗资源，是广大老百姓的期盼和需求，也是政府努力的方向。

从 2010 年开始，株洲市即开始大力推进社区卫生服务中心建设，城区共有 21 家社区卫生服务中心，这些服务中心，有一个共同的特点，就是都姓"公益"。

每个社区卫生服务中心不仅可为辖区内的居民治病看病，还承担着预防接种、康复指导、计生技术指导、儿童保健、妇女保健等工作。如果有患者突发情况或不方便来中心看病，社区医生也会免费上门为其看病。

株洲市的社区卫生服务中心与市级大医院实现了对接，构建成了"双向转诊"的医疗体系，提倡"小病在社区，首诊在社区，康复回社区"。

这些社区卫生服务中心的建设全部由政府拨款，市财政先后投入补助资金4700万元。员工的工资也是由政府发放。社区卫生服务中心使用的是基本药物，都是零利润销售，所以在社区卫生服务中心看病，相对医院要便宜不少。

方便、便宜的社区卫生服务中心，让更多的株洲人可以放心地在家门口看病。

实例：破解"入园难、入园贵"的"普惠阳光"

"入园难、入园贵"一直以来是困扰学前儿童家长的难题。为有效缓解这一难题，我们通过财政补助和购买服务的方式，引导民办幼儿园提供普惠性学前教育服务，构建政府、社会、家庭合理分担的学前教育成本机制。

从2012年起，市财政每年投入700万元，支持普惠性幼儿园建设。

2014年10月，市财政和市教育局共同发布了《株洲市学前教育发展专项资金管理办法》，其中明确规定，对城区普惠性民办幼儿园，财政向每个园位每年补贴1000元，对孤儿、低保家庭幼儿，或因各种原因造成家庭经济特别困难的幼儿，给予每生每年1000元资助。

2015年，市、区两级财政普惠性民办幼儿园建设专项经费增加到2000万元，扶持普惠性民办幼儿园120所，惠及幼儿2万名。

株洲市公办幼儿园和普惠性民办幼儿园占幼儿园总数50%以上。

为促使普惠性民办幼儿园不断提升办园水平，市财政对这些幼儿园实行了年度督导评估年检制、等级动态升降制，还委托第三方机构对这些幼儿园进行监督。严格的淘汰机制、创新的监管方式，让普惠性民办幼儿园赢得了老百姓的信赖。

实例：扶贫济困，传导温暖

保障教育公平，是民生财政的重要内容。确保教育支出，被市财政视为重要职责。在教育资金管理上，市财政一直坚持"三优先"政策：预算优先安排，项目优先立项，资金优先拨付，年均增长一直保持在15%以上。

对于贫困家庭子女的资助政策，株洲市实现全覆盖：2014年1—11月，筹集发放各类助学金1亿元，资助学生12.7万人次，其中资助贫困在园幼儿1.4万人次，资助义务教育阶段贫困寄宿生5.2万人次，资助高中贫困生1.9万人次，募集"大爱株洲 金秋助学"善款777.6万元，资助贫困大一新生2186人。2014年，市财政预算安排中职学校助学专项配套资金2700万元，用于保障家庭经济困难的中职学校学生的教育权益。株洲市建立了以免学费为主体，国家助学金、校内资助等为补充，社会力量积极参与的中等职业学校资助政策体系，保障中等职业学校国家助学金和免学费政策执行到位。

第五节 解人之困

发展是第一要务。作为政府的经济管理部门，财政局应当充分发挥资源配置等职能，为经济社会的发展创造最有利的环境。

在发展遇到瓶颈、事业遇到困难的时候，财政局一定要主动作为，解人之困。一方面，可以将各项资金集中整合起来，加大对相关部门单位的资金支持力度；另一方面，在开展融资引资等工作的同时，要

第三章　上善若水

充分掌握各种政策动向，加强对上联系，争取更多的政策和资金支持。

实例：帮助企业搭建公共技术服务平台

湖南九方焊接技术有限公司是一家以焊接技术研发、技术培训、认证咨询等为主营业务的企业。长期以来，公司就有一个愿望：以焊接技术服务领域为主，搭建一个开放式的公共技术服务平台。

但是，以公司当时的实际情况，由于缺乏相关技术及资金的支撑，相关计划迟迟未能付诸实际。

了解到该公司的情况后，市财政主动会同主管部门到该公司进行调研，并查找了全国焊接技术的专利分布和技术储备资料等，为该公司推荐和联系了产学研合作的高校——南昌航空大学和中南大学；同时，委托专业机构，为该公司量身定制了一套完整的公共技术服务平台的建设方案，将平台分为"技术研发支撑""试验检测""认证咨询""人员培训""标准化制定"等几大板块；帮助企业建立了公司的工程技术研究中心、实验室等研发部门，健全了管理体系。

通过努力，九方焊接公司于2014年5月申报科技部中小企业发展专项资金科技服务业奖励项目，并于12月获得了资金支持。

充分发挥财政资金的导向作用，积极向上争取资金支持企业发展是财政企业工作的一项重要职责。每年年初，市财政和工业信息化局、科技局等部门一起对我市工业企业的经营情况、技改情况、新产品开发情况等方面进行摸底、排查，做到胸中有数。中央、省项目申报通知下来后，市财政立即对符合条件的企业项目进行审核，以确定最好的项目向上申报，项目申报过程中我们严格把关，认真负责，既对企业负责，保证好的项目能上报，争取上级财政的支持，同时也对上级财政负责，确保报上去的项目真实可靠。2014年，市财政向上级争取到资金1.2亿多元，这些资金的到位有力支持和促进了我市工业企业新型工业化进程。

实例：三新公司的燃眉之急

三新包装技术有限公司是我市一家集包装印刷机械的研发、设计、制造为一体的中小型企业，研发则是其生存与发展的关键。2012年，该公司有10项研发成果申请了国家专利，完成优化设计与技术创新项目45项。这些项目的完成，需要大量的资金支持。但2011年下半年至2012年上半年，受到全球经济衰退、国内经济不景气的影响，公司对于市场的开拓基本处于停滞阶段，给研发也带来了一定的困难。

让三新公司的管理层颇有些意外的是，这个时候，市财政的同志主动找上门来，开展走访帮扶活动。2012年，市财政的同志多次到三新包装走访，并请来省财政厅相关部门的同志到企业调研。从2010年至2012年，三新包装累计获得各级财政补助资金339万元。

借助外力，苦练内功，三新包装发展迅速，收入从2010年的3700万元跃升到2012年的7700万元，两年时间实现了翻番。

作为一家专业制造全伺服高精度瓦楞纸板印刷机的高新技术企业，九龙纸业、康师傅、韩国乐天等世界500强企业，都成为其忠实客户。国家首个"环保水墨印刷成套装备研发中心"也落户于此。

我们对创新能力强、符合产业政策、有发展潜力的中小企业给予了特别的关注和支持。以2014年为例，市财政预算安排中小企业发展资金4280万元，主要用于中小微企业技术改造、专业化发展、中小企业服务平台建设和政府购买服务、贷款贴息、市场开拓等。另外还新增了3000万元用于鼓励全民创业和扶持民营经济，安排3000万元用于补助为中小企业融资的银行及担保机构的代偿损失。

实例：一次主动介入的"竞争情报分析服务"

湖南千金湘江药业股份有限公司是集化药研发、生产、销售为一体的现代化制药企业。该公司于2014年准备进行国产拉米夫定原料和片剂的研制及产业化，该新型药物是对抗慢性乙肝病毒和艾滋病病毒的有效药物，具有巨大的市场空间。但是，拉米夫定首先由英国葛兰素史克公司发明，在技术和市场上取得垄断地位，大幅增加了患者的医疗费用。公司要将其国产化，一是受到技术封锁，研发困难；二是受到知识产权制约，需要突破壁垒；三是研发投入较大，必须有的放矢。

市财政在了解到千金湘江公司的情况后，市财政局会同有关主管部门，针对该公司的问题开展了竞争情报分析服务。

2014年4月起，市财政先对公司内部从研发、采购、生产、销售到管理做了全方位的调研和诊断；特别是针对拉米夫定的国内外专利、国内外发展趋势、市场前景等做了详尽的调研，并收集了大量文献资料，出具了调研报告。2014年7月，我局对"国产拉米夫定原料和片剂的研制及产业化"项目，组织相关国内知名专家，召开了省级科技成果鉴定，鉴定结论为技术水平达国际先进。之后，我局根据公司的实际情况和研发中存在的问题，委托有关专业机构，运用大数据技术和中国科学院、省科技信息所数据库进行分析，出具了分析报告，从专利布局、市场开拓、产学研合作、产品定价、技术路线、研发手段、研发投入等方面提供了有效的建议和详尽的数据，为企业领导做出战略决策提供了有价值的参考。

通过本次竞争情报分析综合服务后，千金湘江药业获得了2015年度"湖南省科技进步奖一等奖"，并获得财政资金支持，我们的工作也得到了企业的高度赞誉。

第六节　成人之美

随着形势的发展变化，财政保障任务日趋艰巨，服务经济社会发展的责任日趋加重，客观上对财政人的工作要求越来越高。

我们必须不满足于传统的、被动式工作方式，而是突出在创新、创造性的工作上下功夫，千方百计助人成事、成人之美。要有"功成不必在我，建功必须有我"的品格，甘做默默奉献的无名英雄。

实例：投融资公司做优做强的幕后推手

从 2009 年开始，株洲市委、市政府按照"资源资产化、资产资本化、资本证券化"的思路，先后重组了城发集团、国投集团、交发集团等多家投融资公司。这些公司根据各自的不同定位，承担着城市重大项目的建设任务。

市财政局虽然不直接投入资金支持重大项目建设，但面对如火如荼的城市建设改造也要有所作为。

按照"大财政"的理念，市财政积极整合资产资源，通过多种方式支持各投融资公司做大做强，提高他们的筹融资能力。

首先，为投融资公司注入资本金。2009 年以来，市财政局累计注入的资金超过 10 亿元。

其次，从土地出让收入中安排资金支持公司发展。

再次，划拨城市优质资源给公司经营，用行政事业资产给公司做融资抵押。

最后，将政府持有的股权资产（国有股票，30 亿元左右）交由国投集团来经营。

市财政还积极向市政府建议出台了《株洲市人民政府办公室关于进一步规范市本级国有土地使用权出让成本支出管理的通知》，通过安排投融资公司土地成本方式，不断充实投融资公司资本金和现金流。这个文件规定：政府投融资公司控规的土地，土地出让成本结算采取与建设任务挂钩的办法，未承担建设任务的地块按土地成交总价款的 50% 预拨成本，承担土地开发任务的地块按 60% 安排，承担市政府下达的建设任务的地块按 80% 安排。自这个文件出台后，截至 2014 年底，我们累计安排给各投融资公司土地出让收入超过百亿元。

第三章 上善若水

我们对各投融资公司的支持力度是非常大的，使公司不断做优做强，资产规模不断做大，投融资能力不断提升，经营能力不断增强，有能力去承担城市建设的具体任务，确保了市委、市政府确立的重大项目的建设。株洲的一些大项目，如湘江风光带、神农城、湘江大道、湘江四桥、五桥等，都是得益于此。

实例："一举三得"的交警智能监控系统建设

公安交警是一个费力不讨好的岗位，交警现场查处违法行为，驾驶人或多或少有些抵触情绪。城市车辆越来越多，交通违法情况也随之增多，交警一方面人手不足、难以应对，另一方面又不断遭到百姓对现场执法的不满。

因此，株洲市交警支队想要建设一套智能监控系统，用"电子眼"代替"人眼"的方式，监控交通状况，查处交通违法违规行为。

但是，交警支队并没有相应的项目经费。当时，我市正在创建全国交通模范城市，交警部门非常着急。

市财政认为，建设这样一套系统，不仅可以解决交警支队的实际困难，也可以推进创交模的工作，同时还可以增加非税收入，可谓一举多得。

因此，尽管当时虽然财力十分紧张，市财政还是毫不犹豫地支持该系统建设，分3年筹措6000万元，最终确保了监控系统顺利建成，利用技术手段解决了交警执法难的问题。

实例：一根烟囱换回7000万元

2008年9月，一根矗立于株洲电厂几十年，曾经为株洲创造巨额GDP和税收收入的180米高的烟囱，在一声爆破声中轰然倒塌，两台12.5万千瓦火力发电机组也随之关停。

这是株洲市委、市政府建设"两型社会"、从根本上解决株洲城区环境污染问题的又一重大行动。

在拆除烟囱前，市委、市政府征求意见时，众说纷纭，不同人群有不同心态，表现为"痛心""揪心""开心"等。

"炸烟囱就是砸饭碗啊。"电厂职工，特别是老职工，望着陪伴他们几十年的老烟囱，眼泪哗哗地流，深感"痛心"。

"炸烟囱就是炸票子啊。"在财税部门眼里，电厂是税收大户，为株洲经济发展贡献很大，现在要炸掉，确实很"揪心"。

然而，广大市民看到因污染而深受其害的烟囱要被炸掉，无比欢欣鼓舞，非常"开心"。

征求意见的过程，就是宣传动员的过程，就是统一思想的过程。市委、市政府从"两型"社会建设、保护环境转变经济发展方式、节能减排的高度，从广大市民强烈要求的角度，统一了方方面面的意志，迅速拆除了烟囱。

烟囱炸掉后不久，有消息传来，国家将对节能减排工作行动迅速、效果明显的地区，给予相应的项目资金补助。市财政马上将有关情况向市领导汇报，并得到了市领导的高度重视。市财政当即组织人马，前后4个月的时间，搜集情况，整理资料，5次进京汇报工作，株洲电厂炸烟囱、停机组的情况终于得到了财政部的重视和肯定。

2009年6月，中央财政专项安排的7000万元补助资金，顺利到达了株洲电厂的账上。

实例：打造株洲闪亮城市名片

说起株洲城市规划展览馆，去过的人无不啧啧称赞。它是在上海世博会前开馆的。应该说，当时它的建设水平在全国是一流的，不但是展示株洲城市建设成果及城市形象的名片，也是市民全面了解株洲、参与规划的重要窗口，更吸引了省内外一批又一批的参观团。

通过这个窗口，株洲这个曾经是全国十大污染城市之一的工业城市，以无比惊艳的蝶变，征服了各方客人的心。尤其是在2011年，湖北省提出了向株洲学习的口号，高峰时期来自湖北的

第三章 上善若水

参观考察团一天可达 3 批，因此 2011 年更是被形象地称为展览馆的"湖北年"。

不过，当初市委、市政府决心建设规划展览馆时，预算是没有安排一分钱的，财政局当时也没有更多的财力承担。怎么办呢？既然市委、市政府做了决策，财政局没钱也要想办法。

因此，我们把目光瞄向了非税收入的统筹使用。通过向省里争取我市城市规划配套费提标和开征城市绿化赔偿费、补偿费，把增收的资金按每年 3000 万元，总共 1.2 亿元，用于规划展览馆工程建设，从而顺利解决了规划展览馆的资金来源问题。

第四章　裁云剪水

名擅雕龙，诗成倚马，清思裁云剪水。

——屠隆

"名擅雕龙，诗成倚马，清思裁云剪水。"此句出自明朝屠隆《彩毫记·夫妻玩赏》。这是一段赞美李白的词句。大意是：（李白）声名彰显，是因为他善于写文章，而且精美的诗句靠在马上一会儿就创作出来了，诗文的构思如同裁剪行云流水一样。这里实际上有三层意思，分别赞誉文章精美、文思精敏、文体构思精妙新巧。

面对纷繁复杂的财政"大文章"，我认为财政人必须学习和具备高超的"裁云剪水"的本领，用心血和巧智，书写出精彩的"时代答卷"。

记得在一次"议教"会上，我曾作过一副对联，回答市长，表示支持教育经费追加事项，获得了与会者的满堂大笑与赞赏。上联是"说有钱就有钱，冇钱也有钱"；下联是"说冇钱就冇钱，有钱也冇钱"。横批是"钱在心里"。

"说有钱就有钱，冇钱也有钱"。试问财政收支盘子那么大了，能说没钱吗？所以一看起来确实很有钱。

"说冇钱就冇钱，有钱也冇钱"。财政盘子虽然大，但预算已分配到各行各业且难以满足大家的需求，所以，用起来总感觉没有钱。

"钱在心里"，就是在市委、市政府的决策里。特别是预算追加

第四章　裁云剪水

重大民生事项资金，财政人要想方设法，哪怕是"拆东墙补西墙"也要千方百计保障到位。

那么，财政人如何做到以财兴政，如何发挥财政的参谋职能作用，把钱分好、用好、保障好，让党和政府放心？如何提高服务意识，强化服务责任，为企业为机关为百姓排忧解难、搞好服务，让社会满意？如何跳出惯性思维，破除陈旧观念，打破利益格局，推动财政事业的发展？所有这些，都考验着财政人的智慧与能力。

第一节　走上门、多沟通、少花钱

"你对某个问题没有调查，就停止你对于某个问题的发言权。"这是毛泽东主席的教导。我经常跟同事们讲这么一个观点："衡量我们理财水平高不高，关键看能不能算赢人家；衡量我们能力强不强，关键看能不能说服人家。"

要算赢人家，说服人家，你就得深入下去了解情况，掌握真凭实据，并与人家多商量，取得理解支持。因此，在实践工作中，我们就是要走上门、多沟通、少花钱。

走上门，就是放下"财神爷"的架子，树立主动服务、上门服务的意识，到服务单位了解实情，听取意见，协调解决力所能及的问题。

多沟通，就是不管是在编预算时，还是预算单位申请追加时，都要加强相互间的沟通，确保信息的对称，达成互相谅解，形成大家都能接受的方案。

少花钱，就是通过上门服务、加强沟通，掌握真实情况，为科学合理地安排资金提供依据，也可以减少和避免一些不必要的支出，节约财政资金。

实例："没想到'财神爷'也会主动找上门来"

财政工作千头万绪，服务的对象形形色色，要打交道的部门千家万户。要做好工作，一定要主动沟通，在和谐愉快的氛围中取得意见的一致。

我曾经提出一个"大财政"队伍的概念，即"财政财务是一家"，要求财政干部多与预算单位的财务人员联系沟通，让单位的财务人员成为财政与单位之间沟通协调的桥梁和纽带。单位财务人员要两头都说"好"，这样才是称职的。

为此，我们先后开展了"服务质量提升年""上机关、听意见、转作风"等活动，转换角色，以"服务生"的姿态，上预算单位了解实情、听取意见，做到主动服务、上门服务、热情服务。通过实地、深入了解情况，帮助预算单位解决了成百上千的困难和问题。一个单位的负责人对此形象地说道："没想到'财神爷'也会主动找上门来。"

实例：标准线内的"自主权"

自从中央八项规定精神、六项禁令下发后，公务支出变得越来越规范。在这个过程中，株洲市的民主党派反映了一些具体问题，比如，由于工作性质的关系，就餐、公务用车的某些规定，外出调研的差旅费用，要完全按照规定办，有一定难度。

2014年10月，我们主动与7个民主党派机关的财务负责人进行座谈交流，对他们提出的问题进行耐心细致的解释说明，并结合实际情况，对某些实际操作事宜进行了协商解决。比如，对于调研经费，实行包干负责制，住宿、交通方面，在标准线内，给予一定的自主权。这样在没有增加一分钱预算的情况下，既维护了制度的严肃性和一致性，又充分考虑了实际情况，促进了工作开展，得到了民主党派人士的理解和支持。

实例："书香株洲"的别样风景

因场地紧张、设施落后、图书数量已不能满足市民需求，市图书馆遇到了发展瓶颈，也与"书香城市"的建设不太相称。了解到这些情况后，我局的教科文科主动与市图书馆联系，实地走访，共同商讨改善现状的办法。大家觉得，建新馆一时筹不到上亿元的投资，那么就开分馆、设立街区图书馆吧。

在我们的支持下，市图书馆在市区繁华地段设立 24 小时街区图书馆，并在市规划展览馆、市财政局、市房产局等处陆续开设了分馆。这较好地满足了市民日益增长的文化需求，而财政投入只在上年的基础上增加了 70 万元。

一系列创新性的服务形式和服务平台为市民阅读提供了更大便利。2014 年湖南省城市阅读指数显示，株洲城市阅读综合指数仅次于长沙，位居湖南省第二。市图书馆统计数据表明，百万人口的株洲，2014 年市民到图书馆近 70 万人次，借还书 40 多万册次。书香充溢的株洲，市民正共享图书惠民红利。

第二节　多调研、花好钱、求实效

古语云："大人不华，君子务实。"将"谋事"是否"实"，作为区分君子与小人的重要标尺。

财政人的工作关乎发展和民生，实事求是、脚踏实地是必须具备的素质。我们必须做到"多调研、花好钱、求实效"。

多调研，是指要深入基层、深入群众，沉到一线去调研，往实里走、往深里走、往心里走，摸清实情，发现问题，寻找应对之策。

花好钱，是指财政资金取之于民，用之于民，要厉行节约，提高财政资金的使用效率，能省则省，每一分钱都要花在刀刃上。

求实效，是指财政工作要聚焦工作目标，把嘴上说的、纸上写的、会上定的，变为具体的行动、实际的效果。要善于掌握节奏和步骤，善于分配力量和力度，正确区分轻重缓急，从小事做起、从点滴做起，一件一件抓落实，一项一项抓成效，干一件成一件。

具体来说，一要吃透上情，在理解政策上下功夫；二要摸清下情，多到基层了解真实情况。只有做到腿勤、手快、身正、心明，才能少花钱、多办事，办好事，不断提升工作的质量和实效。

实例：200万元解决了需要几千万元才能办成的事

原本需要几千万元才能办成的事，只要200万元便能完成。这可能吗？我们给出的答案是肯定的。

因条件简陋，不符合中央、省委对群众上访接待场所的要求及群众的需要，2012年，市信访局的改造工程被提上了日程。"重新选址修建信访大楼"的报告一送到我们手中后，行政政法科便立即对市信访局进行了实地考察及现场办公，经过反复商议与论证将原计划重新选址建设改为"收回位于市信访局旁的一家茶餐吧，原地对市人民来访接待中心改造扩建"。这样将需安排数千万财政资金才能完成的工程立刻降到200万元。

短短两个月时间，市信访局人民来访接待中心焕然一新，占地面积扩大近一倍。宽敞明亮的两个接访大厅、干净舒适的座椅、全天开放的空调和随时取用的直饮水，增加了群众的归属感和亲切感。

"真是既节约了资金，又把事情办得漂亮。"市信访局相关负责人评价说，"在原来的基础上改造，帮助我们解决了实际问题，改善了市民来访场所条件，为群众提供了方便，老百姓的反响很好。"

第三节　不给钱、说好话、给面子

"资金有限，事业无限"的矛盾，是经济社会快速发展中财政始终面临的难题，面对这种情况，财政人该怎么办呢？我们的做法是：不给钱、说好话、给面子。

不给钱，就是根据实际情况和发展需要，对没有必要的支出不安排资金。

说好话，就是要表示财政部门的良好态度，向对方耐心解释不能安排的理由是什么，尽量用好言好语相待，争取对方的理解。

给面子，就是不能给钱，要给人家面子。做到既不失原则，又讲了感情。让对方即使没有要到钱，心里也舒坦。

第四章 裁云剪水

实例：200亿元的财政收入哪里去了

株洲财政收入增长很快，尤其是2012年超过200亿元，有些预算单位就提出疑问：都200亿元的财政收入了，为什么财政局还说没钱用？甚至包括我们财政局内部的一些人都表示不理解。

针对这个情况，市财政觉得有必要向预算单位解释清楚情况。这200亿元收入的构成如何，政府可支配的财力实际又有多少，增长了多少。把这些账跟预算单位讲清楚了，大家才能理解财政局的难处。于是，我安排各科室借预算征求意见之际，分别到预算单位讲解这一业务情况，旨在让大家理解支持。

我自己则找到要求比较强烈的一位局长。局长很高兴我的到访，也很开门见山地对我说："市里的财政收入形势那么好，都增长到200多亿元了，净增都30亿元了，那钱只怕是用不完，我的要求不高，你给我多安排一两百万的经费就可以了。"对此，我笑着解释："今年全市财政收入总量是有200多亿元，没错，净增30亿也不假，但200多亿元分3部分，即市、区、县三分天下，市本级只有60多亿元，净增收入也就10亿元左右。而这10亿若简单地按增值税计算，75%上交中央，25%留地方部分，还要上交省里25%，市里大概就只有18%，这18%按市区两级对半分的体制，市里只剩9%，也就是说市本级一年的超收财力才1亿元左右，而市委、市政府今年来追加的事项不少，收支矛盾仍然突出，所以你们提出的追加申请，只能适当考虑。"经过这样一番解释，他惊讶地说："原来是这样，我都不好意思开口要了。"后来，他成了宣传财政的"铁杆"，处处理解维护财政。

实例：让怒气冲冲者"如沐春风"

2009年8月的一天，某工程施工单位的一位负责人怒气冲冲地走进我局经建科的办公室，对工作人员说："我们做的工程已经完工一个多月，但建设资金却分文未拨，今天无论如何你们必须付款！"来人大有不达目的誓不罢休之势。

工作人员笑脸相迎，仔细询问，了解到当事人负责的是城市"四创四化"的一个项目。"四创四化"是株洲市委、市政府的一项重点民生工程，由于工程投入大，工期紧，要求高，市政府与各施工单位达成协议，1年建成，分3年付款，资金按比例到位。这位当事人负责的项目确实已经交付使用，但由于资金的拨付需要经过基建评审等一系列严格的程序，没有评审依据，则不能随意拨款。经建科的同志设身处地为当事人提出建议，并承诺协助他尽快将项目验收资料送财政评审中心纳入评审。经过建科同志耐心的解释、主动的服务，让当事人怨气顿消，甚至为自己的鲁莽面露羞色。接着工作人员加紧搞好跟踪服务，这笔资金也在不久后拨付到了施工单位的银行账户。

第四节　迈小步、不停步、有进步

部门预算是"年年难编年年编"，可以说是财政与各单位的利益博弈。站在单位的角度，当然是希望预算安排得越多越好。但是，每年新增的财力也就那么多，单位提出的需求不可能完全满足。

面对这样的情况，我们提出"迈小步、不停步、有进步"的思路。

迈小步，就是针对有些单位狮子大开口的行为，不能有求必应，而是要根据实际情况进行适当增加。

不停步，就是对预算单位不断增长的资金需求，在财力允许的范围内，要确保每年都有一定的增长，满足事业发展的实际需要。

有进步，就是对预算单位的资金安排，不能永远停留在一种管理模式下，必须根据实际情况，逐年有所创新和改善。

实例：对"弱势单位"的另眼相看

不同的预算单位在财力方面存在不小的差距。有些人员较少的单位，纯粹靠吃财政饭，没有其他收入来源，支出的压力比那些大单位就要大得多。

对一些相对"弱势"和新成立的单位，市财政在编预算时都予以了充分考虑。比如，在2011年进行公用经费定员定额改革时，市财政对相同类型单位中在职人员在30人以下的，单独确定公用经费标准，比30人以上的单位人均公用经费多安排1000多元。

2012年，我们又对人均运转经费低于2.5万元的单位相应增加业务经费，努力确保他们的经费不至于与其他单位相差太多，让他们感觉到从财政拿到的一年比一年多。

实例："没想到财政还能多给30万元"

支持部门单位做事，是财政的职责所在。在编制2011年预算时，市财政尝试开展项目预算绩效评审，根据审查结果，确立项目是否立项和安排多少资金。

最后，在预算安排时，对多报的项目调减了200多项。同时，对那些确需增加资金的项目，市财政充分考虑他们的实际情况，资金额度给予了调增。

比如，对于市科技协会的专项资金，考虑到某全市性专项工作业务的需要，比单位上报的额度增加了30多万元。

记得当时市科技协会的负责人这样感慨过："没想到，财政局充分考虑了我们的难处，还能多给30多万元，真是不容易啊！"

第五节　霸得蛮、耐得烦、恘得气

随着国家各项改革的不断深入和社会的进步，财政的职能也在不断发生变化，财政事务也从传统的管理型向服务型转变。

服务能否到位，在于财政人的主人翁意识和正确的心态，在于将心比心，做好细节。

比如与预算单位打交道，我们就必须展现自己的"两面性"，既要坚持原则，又要体现姿态，必须"霸得蛮、耐得烦、恘得气"。

霸得蛮，是指对于服务对象有时提出的无理诉求，财政人要敢于坚持原则，据理力争，不怕得罪人。

耐得烦，是指我们在服务过程中，要有耐心，始终保持良好的服务态度。就算服务对象可能有些"无理取闹"，我们也要笑脸相迎，讲风度，讲风格。

怄得气，是指在服务过程中，难免会遇上一些不讲理的人，也难免会受到一些委屈，这是由财政工作的特点和岗位的性质决定的。但是，服务是财政的职责，所以就算是受到委屈，也要承受得住。

我曾作过这么一副对联，上联是"修东墙，补西墙，墙墙不倒"，下联是"挨上骂，听下骂，骂骂何妨"，横批是"心安理得"，它体现的就是这样一种任劳任怨的包容心态。

实例：不守原则，何事可成？

有一次，一家预算单位找到市财政，要求追加某项专项经费，并说是得到了某某领导的认可。经过研究，我们发现其要求不符合相关规定。

对此，相关科室的同志进行了耐心解释。

对方先是软语恳求，见没有效果，言辞之间未免有些"夹枪带棒"：你们不予以支持，如果出了什么问题，我们只能如实向领导汇报！

没有规矩，不成方圆；不守原则，何事可成？

要我们做违反原则的事情，办不到！相关科室的同志坚决予以拒绝。

事后，我们了解到，来人不过是拿着鸡毛当令箭，以大言压人，相关领导也仅仅说"要征求一下财政的意见"。

实例：解决单位的"新烦恼"

党的十八大以来，中央出台了一系列的规定和具体要求，不断将党的作风建设推向深入，厉行节约成为一种必须落在实处的

第四章 裁云剪水

要求，大手大脚花公家的钱已经成为历史。各个单位以前是愁"没钱花"，而现在有了新的"烦恼"——钱不知道该怎么花。

对单位支出负有审核责任的国库集中支付处，有了一项新任务——为相关服务单位如何花对钱"指点迷津"。

国库支付处"研发"的"解忧妙方"是定好标准，执行制度。支付处结合单位财务管理实际需要，开展误餐、伙食补助、集体活动开支、物业管理等经费控制标准的调研，然后定下一系列的"条条框框"，比如鼓励单位办食堂，伙食标准每餐15元，将烟酒发票一律拒之门外，物业管理走政府采购程序，票据使用必须规范，集体活动不得发纪念品，等等，规范了支出管理，杜绝了支出漏洞。

有少数单位想打打"擦边球"蒙混过关，但在铁的制度面前，也只能望而却步，因而难免有些牢骚。我们的同志往往一笑置之，听点小怨言又算什么呢！

实例：从"态度强硬"到"话语温柔"

财政部门有权，不单单是给人家钱，让人"喜笑颜开"，财政人手中还有一柄"剑"，那就是党和政府赋予的财政监督的权力。

财政监督工作的职责是规范和加强财务管理，查找漏洞和问题。所以，我们财政监督的人一出动，有不少人会认为我们是去挑刺、找麻烦的。我们常常会遇到"防火防盗防检查组"的尴尬。

一次，我们的同志到某单位检查。对方态度强硬，居然以未经过内部程序、领导未批准为由拒绝接受检查。难道财政监督检查还要通过你们批准？面对这种无理态度，我们的同志依然心平气和地据理力争，一方面要展现财政人的优良素质，另一方面要维护财政监督的权威，同时还要妥善处理同兄弟单位的关系。但职责所在，涉及原则问题，则绝不允许有一丝一毫的通融。面对我们的认真和坚持，对方不由得不服软，只好接受检查。我们监督检查人员也不是"吃干饭"的，火眼金睛，当即查出了一些问题。这一下，对方说话就变得很"温柔"了。

第六节　讲诚信、留空间、促发展

财政部门代表政府掌握着资金分配权，有道是"千万双眼睛盯着财政，千万张嘴巴议论着财政，千万双手伸向财政"，每项资金都能满足吗？显然不可能。

那么如何破解资金供需矛盾呢？我们的做法之一是：讲诚信、留空间、促发展。

讲诚信，是指财政部门要以诚待人、取信于人，承诺服务对象的事情，一定要坚决做到，绝不失信于人。

留空间，是指对于财力一时难以承担的事情，可以根据未来的财力情况，采取"分期安排、逐步到位"的方式，把事情先办起来，用时间来换取空间。

促发展，是指财政要紧密围绕发展这个"第一要务"，运用多种财税政策工具，创新投入方式，优化投入结构，多渠道积极筹措资金，有力促进发展。

实例："分期付款"的"大栽树"妙招

2008年，我市以前所未有的工作力度，大力进行城市环境综合整治和城市基础设施完善，城市园林绿化建设是当时的工作重点之一，"大栽树"搞得热火朝天。

大规模搞绿化，离不开资金的支持。然而2008年，株洲市委、市政府在城区开展"大栽树"活动，而管钱的财政部门却一度陷入无钱可支的窘境，因为栽树资金并没有列入当年的财政预算。

市委、市政府的决策必须执行，而资金问题又必须解决。人家做了事，钱当然要付，这也涉及政府的诚信问题。

市领导提出的"分期付款"的思路启发了株洲财政人，大家仔细研究后，决定采用"1年栽树、3年付款"的办法。第一年付款40%，第二年30%，第三年30%，原来3年完成的目标，第一年就完成了，城市绿化了，而财政支出责任却没有同比例大幅增

第四章　裁云剪水

加。为此，我们积极整合财政各类资源和资金，大力向上争取资金，并想方设法盘活资源，以资源换资金，以资源引资金，有效化解了城市绿化资金的支出压力。

2010年底，株洲市绿化率由38.87%增至50%，比3年前提高了10多个百分点。这也成为株洲获评"2010年中国十大最具投资价值城市"的极具分量的砝码之一。

城市绿化资金的运作模式，无疑是株洲财政"有多少事尽力筹多少钱"的一个成功的范例。

后来，我们不少事情都沿用了这一办法，通过这一方式，3年的事情1年做完了，而需支付的工程款却可以3年付清，大大减轻了财政当年的资金压力。

实例："幸福株洲"建设中的财政担当

2009—2011年，株洲市启动"四创四化""城市再提质"等几大战役，相继对城区29条主次干道的临街面进行总体设计，完善了126条小街小巷路灯设施，亮化了10条主要干道，亮化了建（构）筑物636栋，株洲市的城市面貌发生了天翻地覆的变化。

如此大规模的城市建设，需要巨额的资金支持，而财政一时拿不出这么多钱来。怎么办？只能采取"多条腿走路"的办法。把事情先办起来，用时间来换取空间，保证发展的需求。

市财政向政府建议：根据"事权"与"财权"相配比的原则，对城市亮化、道路建设等资金投入量大的项目，由配置了土地资源的投融资公司负责承担；对小街小巷改造、城市美化、绿化等项目，则由市级与区级财政按65∶35的比例共同承担。

几年里，我们先后共筹集20多亿元支持"三创五改""四创四化"和"城市提质"等工程项目建设，确保了这些项目的顺利进行。

这里，也许大家会问，城市建设投入这么大，财政是不是被"掏空"了呀？

答案是否定的。这些项目建设资金，大部分来自资金资源的整合，我们采取了提前调度、分年预算、分期付款、在年底城维费超收中安排等多种方式，为城市建设提供了有力支撑。

第七节　看轻重、视缓急、分先后

"把钱用在刀刃上"，这句话言语平实，却内涵丰富。

"资金有限，事业无限"。用钱的地方这么多，可政府财力有限，就需要财政部门在支出上有所为，有所不为。比如，尽可能减少不必要的一般性支出，保障和增加重点领域关键环节的支出。

我们提出"看轻重、视缓急、分先后"，是指对于服务对象的要求，要根据实际情况，分清轻重缓急。

看轻重，是指对于迫在眉睫、必须办理的重要事情，要马上办理；对于不是特别重要的事情，视财政情况再予以办理。

视缓急，是指对于条件成熟可以办理的，及时办理；对条件尚不成熟的，暂缓办理。

分先后，是指对于事关全局、各方关注的重要事情，比如民生、发展方面的支出，要优先办理，抓紧办好。

实例：为了清水塘的"清水梦"

2014年8月，醴陵旗滨玻璃产业项目的第一条生产线完成点火。作为株洲清水塘老工业基地绿色搬迁的首个项目，旗滨玻璃，为株洲清水塘的环境整治开了一个好头。

清水塘老工业区是国家"一五""二五"期间重点建设的冶炼、化工基地。"清水塘不清"。一直以来，该地区因产业结构不优、环境污染较重等问题日渐突出，对全市乃至全省"两型社会"建设带来直接影响。2011年，国务院将清水塘老工业区列为湘江流域重金属污染七大重点治理区域之首。

清水塘老工业区搬迁改造，最难的就是企业搬迁。

搬迁费用巨大，是横亘在前的一座大山。

第四章 裁云剪水

在很多人看来，无论是职工安置，还是以后土地变性开发，都面临众多政策瓶颈。

在市领导的带领下，市财政数次赴财政部，争取清水塘34.4平方公里土地整体变性税费减免，得到了支持，获得了批复，涉及减免金额约45亿元，直接受益达10亿元。

2014年3月，国家发展和改革委员会出台了《关于做好城区老工业区搬迁改造试点工作的通知》，正式确定清水塘老工业区等全国21个城区试点区。

旗滨玻璃的搬迁，打响了清水塘老工业区治理的第一枪，关乎株洲的两型建设和转型升级，当然被市财政视为工作重心之一。

为了促进旗滨玻璃实现绿色搬迁，加快清水塘老工业基地污染治理，市财政可谓想方设法，殚精竭虑。

为了抓住政策机遇，市财政千方百计争取在第一时间获取中央和省里的信息，还在市领导的带领下，数次到部里汇报情况。

几易思路后，市财政最终抓住长株潭城市群大力推进节能减排的机遇，将旗滨玻璃纳入节能减排财政政策综合示范建设项目，以绿色搬迁等典型项目为切入点，争取到中央、省级奖补资金支持。

一直以来，市财政非常重视清水塘老工业基地搬迁改造工作，按照市委、市政府的工作部署，行动迅速，主动作为。从2008年起，每年安排株洲清水塘循环经济投资发展集团有限公司污染治理专项资金3000万元，连续安排5年，强化了清水塘地区的土地重金属治理和环境保护；自2012年起，筹集资金12亿元，对株洲旗滨玻璃有限公司实行整体搬迁到醴陵，2014年总投资达25亿元3条玻璃生产线等项目全部投产；从2013年起，筹集资金1400万元，拆除高能耗、高污染单位的烟囱共计83根，其中2013年拆除34根，2014年拆除49根。

实例：融资2亿元建设驾驶人考试中心

2009年，省交警总队将机动车驾驶人考试权下放到各市州。

由于当时我市没有政府投资建设的考场，市交警支队租用场地建设考试中心过渡性考场。

根据省交警总队规定，我市如果不在2013年4月前建成政府投资的驾驶人考场，将收回株洲的驾驶人考试权。这就意味着，我市每年约8万人次的考生将再次面临异地考试的局面（以前曾到衡阳等市考试），每年约有4000万元的非税收入也会因此流失。而且，好不容易获得的"全国交通管理模范城市"的称号将面临摘牌的危险。

了解到相关情况后，我们对这一项目的利弊关系进行了分析，觉得实施建设有三大益处：一是估计每年可满足10万考生的考试需求，给群众提供方便；二是可化解"全国交通管理模范城市"被摘牌的危险，为市委、市政府分忧；三是投资有效益，预计每年可实现收入8000万元，能够顺利收回成本。

权衡利弊之后，我们主动提出由市财政来承担建设费用。

2012年下半年，在财政预算无法追加的情况下，我们通过下属的行资公司在商业银行融资2亿元，承担了该建设项目的全部费用。

这样的"主动埋单"，不仅方便了株洲考生以后考试，也增加了财政收入，保住了"全国交通管理模范城市"的牌子，可以说是一个皆大欢喜的事情。

在新驾考中心建设过程中，我们安排专人进行跟踪评审服务，在施工图预算审查阶段，发现驾考道路是按城市主干道建设标准设计的，查阅公安部有关建设规范，并结合实际情况，我们提出了按城市次干道建设标准进行设计的修改意见，单此一项，就可节约投资成本600万元左右。

实例：倾力打造城市"大管家"

株洲的文明创建开展得如火如荼，全力向全国文明城市的荣誉冲刺。市领导对城市管理工作高度重视，反复强调，抓城市管理就是从战略上抓发展、抓民生、抓招商引资，城市政府的基本责任就是管好城市，城市管理是城市工作的永恒主题，不能有丝毫懈怠。

对于这样一项工作，市财政局当然也视为"重中之重"，放在优先考虑的范畴。市财政每年用于城市维护管理的财政经费达12.5亿元。

城管部门提出，为提升管理质效，希望尽快将信息技术融入城市管理，打造城市数字化管理平台。对于这样的重点工作，我们自然"高看一眼"。2009年，我们拿出3600万元建设数字化城管信息系统，从项目启动到竣工运行，仅仅花了5个月时间。我们还保证了每年1000万元的运行费用。

株洲市数字化城管信息系统被人们誉为城市"大管家"。它的建成运行，大大提高了城市管理工作效率，系统投入运行前每天发现问题的数量约50件，系统投入运行后，每天发现的问题平均达1500件，是系统运行前的31倍，实现了城市管理高效监管、高效处置。城管车辆GPS管理系统和视频探头考评警示系统获得两项国家专利。依托覆盖全市的1500个电子监控探头，在全市大街小巷搜寻并拍摄涉及城市管理的相关事件，比如灯杆上张贴的"牛皮癣"，或角落里的垃圾。这些隐蔽的市容"斑点"，都会被监控探头"揪"出来。

2010年，株洲通过住建部的考核验收，成为全国42个国家数字化城市管理试点城市之一。2012年，株洲数字城管信息系统被中国地理信息产业协会授予"中国地理信息产业优秀工程"银奖。

第八节 履好职、不失职、从天职

作为"参谋"和"管理员"，财政部门是一个和领导打交道比较多的部门。面对领导的决策或要求，如何准确把握上级意图，当好参谋助手；如何围绕事业发展大局，确保财政资金发挥最大效能，无疑是一门学问。

我以为，打开这扇"学问之门"的"钥匙"有3把，那就是履好职、不失职、从天职。

履好职，就是在领导做决策时，财政人要敢于说真话，讲实话，这是财政人应尽的职责。讲就是在履职。

不失职，就是指在决策过程中，需要听取财政意见的时候，绝不能因为怕得罪人而不作声，不表态。不讲就是失职。

从天职，就是财政提出的意见，不管领导是不是采纳，最后还是要按照领导拍板的意见去执行。服从是天职。

所以，我经常跟局里的同志们说："讲是履职，不讲是失职，最后，服从是天职。"

实例：财政不能借钱给私营企业

一个私营业主急需建设资金，求助市政府。有位领导认为该企业配合政府治理污染，进行关闭搬迁，因此要财政支持落实。

我们认为，支持企业搬迁发展责无旁贷。问题在于，该企业要向财政国库借钱，这是有违相关规定的。于是，我们如实向领导报告，财政给私营企业借款，轻者是违规，重者构成挪用公款罪，不能借款。但领导认为企业配合政府治理污染，政府要支持。领导这么坚持，我们也不知如何处理为好。

上亿的资金借给私营企业，后果不堪设想，若不借领导会有意见。

于是，为了缓和尴尬的局面，我们建议领导开个专题会议，形成借款的会议纪要以规避风险。若不开会，领导要签字，否则财政无权从国库把上亿的资金借给私营企业。领导见财政这么严格认真，最终非常开明地取消了对财政借款的要求。我们也就长长地舒了口气。

实例：当时不作声，事后"挨板子"。

在工作中，我们有时会碰到这种情况：某项工作在开会做决策时，财政部门当时没作声，导致所制定的决策不够合理，领导最后还责备财政不作为："你们财政参加了会议，当时为什么不提出来？到底是业务不熟，还是责任心不强呀？！"板子打在财政身上。

某部门站在本部门的角度提出了一个不合理的要求，得到了领导同意，于是做了一个不合理的决策，财政当时提了不同的看法和意见，但没被采纳，最后执行中印证了财政的看法。因为财政当时就提出来，履行了职责，所以也就没有责任。这也是财政规避风险的问题。

第九节　都要听、都说好、看着办

财政工作，要服务好领导决策。但情况纷繁复杂，领导的决策或要求不一定完全合理，就需要我们有"不唯上"的勇气。当然，我们最好不要把"不唯上"搞成"硬邦邦"，因为那很可能适得其反。有时候，面对领导的要求，财政人处理起来还要有一定的"情商"。这里有良药苦口与良药甜口的方法问题。

这主要是如何处理好原则性与灵活性之间的关系问题。我们的做法是"都要听、都说好、看着办"。

都要听，就是领导的指示和部门的要求，不管合不合理，能不能办到，都要认真听取，以示尊重。

都说好，就是对于领导所要求的，不管对与错，都不应在公开场合直接反驳、顶撞，应自觉维护领导的权威，不能让领导下不了台。要学会用时间换空间，可以在事后，找合适的时机进行沟通。

看着办，就是我经常讲的那句话："照单全收，财政玩不下去；都不执行，局长当不下去。"只能按照实际情况，根据需要与可能，提出相对合理的意见建议。所以，对一些不合理的要求，只能"左耳进右耳出",怎么把握分寸和尺度,只能相机而行。

实例:一次不该受的委屈

几年前,在某个项目的协调会上,分管的领导对工程的进度颇为不满,询问原因何在。项目的负责人却闪烁其词,东拉西扯,还把部分原因推在了资金支持不够上。

我们还没有来得及解释,领导就发问了:"财政为什么不尽快把钱拨下去?"

我们的同志解释说:"财政的资金是按照预算和工程进度及时、足额拨付的。"

领导的脸色就有些不好看了:"有些事就不能特事特办、急事急办吗?"

会场的气氛一时有点儿紧张了。

看到这种局面,我赶紧把责任揽过来:"我们的工作确实有做得不到位的地方,一定马上按领导的指示办。"

事后,我们进行了调查,发现这个项目进展不快,是因为拆迁不到位所致,与资金拨付并无关系,已经拨付的款项甚至超过了进度拨款要求,我们的确受了不该受的委屈。

我们当即向那个部门通报了相关情况。在事实面前,该部门相关负责人亲自打电话向我致歉。

第十节 不贪功、多担责、顾大局

"做好人,不做老好人"。这句话也适合我们财政人。"好人"与"老好人"虽然只有一字之差,但意义却大不相同。两者的分水岭,就在于是为公还是为私,为人还是为己。

遇事不推诿、担责不逃避,这是财政人应有的素质,要努力做到不贪功、多担责、顾大局。

不贪功,是指有功不争功,无功别贪功。这也是财政人应有的气节和操守。建功立业是好事，但居功自傲、恃功无恐则是坏事。

多担责，是指要树立责任意识，勇于担当，勇于担责。对财政干部来说，责任无处不在，担当义不容辞，要深刻认识到自身肩负的使命和责任，善始善终、善作善成，干实事、干成事。

顾大局，是指要树立大局意识，要观大局、明大势；要自觉服从大局，坚决维护大局。

大局里有政治，大局里有品格，大局里有担当。我常常和局里的干部说，一定要摆正自己的位置，凡事要从事业发展的大局出发。我们不要好大喜功，要敢于负责任，有时免不了要"唱黑脸"，甚至"做恶人"，哪怕不为人所理解或为人所诟病，也在所不惜。这是一种情怀，也是一种境界。

实例："砍一刀"与"加一点"

"僧多粥少"是财政长期面临的局面，与预算单位"博弈"，也成为财政人经常要遇到的问题。

预算单位常常是"狮子大张口"，而我们往往是"狠狠砍一刀"，这几乎成了一种惯例。

当然，我们不能简单粗暴地拦腰一刀，而是针对一些项目预算编制中存在"高估冒算"，挤掉多余的水分。要做到"不唯减，不唯增，只唯实"，就要求我们用刀要准，"大砍刀"要变成"手术刀"。

之所以要不留情面地节减不合理、不合规的财政资金支出，我们希望的结果是"少花钱多办事""花同样的钱办更多的事"。

不过，市财政也不是擅自做决定，而是和相关领导先沟通好，说清楚经费预算的来龙去脉，然后再做舞刀的"恶人"，并留有一定的空间，再请领导来拍板。

领导心中有数，往往在市财政提出的数额上"加一点"，又没有超出财力可以承受的范围。于是，有关部门尽管比预期有些差距，但也因为事情做得很完善，最终形成了"皆大欢喜"的局面。

实例:"只要有政策,财政就有钱。"

福利待遇涉及每个干部职工的切身利益,最受人关注,也最容易影响大家的情绪。湖南省是干部职工福利待遇较低的省份之一。尽管株洲在湖南来说干部职工福利待遇比其他市州要好点,保障也到位,但还是有不少意见。

在一次市委年度理论务虚会上,不少同志提出了意见,甚至认为是财政局不作为,以至于主持会议的领导多次提到"财政局谭可敏来了吗?"头两次因年末财政关账,请假没到会,但会上针对财政局的意见已有反馈。最后又一次提请财政局回答关于干部福利待遇的时候,我立马站起来回答了大家关切的问题:首先我把全省各市州的福利待遇情况进行了通报和比较。比较的结果是,我们株洲市的福利待遇比长沙市低点,与省直机关基本相当,比其他市州高出1万~2万元以上不等。其次,我把财政局与人社局的职责进行了说明,人社局是管福利待遇政策的,财政局是负责筹钱的,并明确表态:"只要有政策,财政就筹钱。"此话一出,沉闷的会场爆发了热烈的掌声。

我的表态不是冲着掌声来的,更不是哗众取宠。我认为这是财政人应尽的职责。市委、市政府出台政策,绩效奖提了几次标。经测算,市财政供养范围的行政事业单位人员约两万人,按行政事业单位人均6000元计算,只需1.13亿元左右,财政局也完全有这个保障能力。有的地方一谈到提高干部职工的福利待遇问题就说没钱。其实,这也是个支出理念问题,干部合理的福利待遇若得不到应有的保障,我认为财政局是不合格的,至少理财理念落后,参谋水平不高。所以,在以往的"民生保障"问题上,需要支出或提标,我们从来不含糊,该出则出,应保则保。

第五章　乘高决水

顺风吹毛，乘高决水，可以不劳而成功者。

——司马光

"顺风吹毛，乘高决水，可以不劳而成功者。"此句出自宋代司马光写的《言为治所先上殿札子》，这是司马光向皇上的谏言。大意是：顺着大风吹毛，凭借地势居高临下，决口放水，可以不用费力而取得成功，比喻费力小，收效大。这恐怕是我们财政工作取得历史发展最好时期之一的秘诀所在。

我在财政工作的八年，是株洲财政事业阔步向前发展的八年。作为参与者和亲历者，要感谢组织给予我干事的机会和施展的舞台。我深深知道，任何成绩的取得，都离不开各级领导的关心支持，离不开同事们的团结协作，离不开社会各界的理解支持。

正是因为我们能够整合方方面面的资源、调动方方面面的积极因素，善于借势、借时、借力，赢得了方方面面的大力支持和帮助，才有了株洲财政如此发展的高光时刻。

第一节　关怀——奋发的勇气

株洲的财政工作取得了一些成绩，靠的是什么呢？我的回答是，依靠方方面面的力量。而最重要的是上级的关心支持。这是我们不迷失前行方向、始终充满奋发勇气的关键。

有位老领导曾多次给我讲过这么一个观点：作为承上启下的政府组成部门，要把工作做好、做扎实，一定要把"天线"接好。多年的实践，让我深以为然。

所谓"天线"，本是无线电设备中用来发射或接受电磁波的一种装置。我们把它引申为工作中的一种方法或措施，接好"天线"，调好"频道"，就是要求我们对中央的政策，对上级的决策意图，能够及时准确地了解好、领悟好、掌握好。只有这样，我们才能够有的放矢地"争资争项争政策"，用好、用活各种政策，为推动各项工作落实，为服务好全市经济社会发展做出贡献。

为此，我们很注重争取上级的关心和支持，并取得了很好的效果。

财政部对株洲的关心

从2008年到2015年的近八年间，财政部的两位部长和多位副部长都莅临过株洲市考察指导。财政部对株洲市工作的关心和支持，给了我们极大的鼓励和鞭策。

实例：对项目资金的支持

2009年，株洲市成为全国首批13个节能与新能源汽车示范推广试点城市。2013年11月，长株潭城市群又获批全国首批新能源汽车推广应用城市。对于我们的新能源汽车项目，财政部就一直很支持，株洲累计获得中央财政补助资金达3亿元。

2013年，作为国务院批准的《湘江流域重金属污染治理实施方案》的重点治理区域，株洲市共获得中央重金属污染防治专项资金2.52亿元。2014年，经过积极争取，株洲清水塘老工业区进入国家老工业区搬迁改造的政策"笼子"。清水塘老工业区搬迁改造得到了中央财政预算内资金支持，并在土地开发利用、项目融资等方面享受特殊政策。

第五章 乘高决水

2013年12月，财政部、国家发展和改革委员会批复了《长株潭城市群节能减排财政政策综合示范城市调整实施方案》，株洲市被列入长株潭节能减排财政政策综合示范城市。株洲市128个项目被纳入《长株潭城市群节能减排财政政策综合示范拓展方案》，总投资达223亿元。2014年9月，株洲市获得2013—2014年节能减排财政政策综合示范城市奖励资金3.5亿元，其中中央综合奖励资金2.565亿元，省级配套资金0.935亿元。

类似的资金还有很多，无须一一列举。这些资金都是我们通过各种渠道，掌握各种政策信息，主动作为争取来的。当然，市直部门也做了大量工作，特别是部里的同志给了很多帮助。

实例：对株洲财政的信任

在湖南，株洲是相对发达地区，但株洲也是革命老区，下辖的茶陵、炎陵不仅是罗霄山片区国家扶贫开发重点县，还是井冈山革命根据地的重要组成部分。我们以此努力争取株洲作为财政部干部下基层挂职锻炼基地。财政部教育司原副司长来株洲考察后认为，株洲不仅符合派干部下到"老少边穷"地方锻炼的基本要求，更是一个锻炼干部的好地方。于是极力推荐，并获得财政部人事教育司的同意。

从2009年开始，财政部每年派出干部到株洲挂职，先后有预算司同志在荷塘区、社会保障司同志在株洲县（现株洲市渌口区）、国库司同志在天元区、办公厅同志在石峰区、监察局同志在芦淞区……分别担任这些县区的副县（区）长。这些同志在各自挂职的岗位，迅速转换角色，切实履行职责，以严谨的作风、务实的态度、渊博的学识赢得了当地干部的高度赞扬。他们的到来，不仅带来了先进的财政理念、新的财政政策信息，也让我们能够"近水楼台先得月"，进一步密切了与财政部各司局的关系。

部里同志在株洲挂职的同时，我们还先后派出了市财政局同志分别到预算司、社会保障司、经济建设司助勤和学习。

实例：对株洲财政团队建设的肯定

2011年4月，时任财政部人事教育司领导一行专程来到株洲，就我局的队伍建设与机关管理进行考察调研，不久，他们便以《兴和谐之风 建一流团队——湖南株洲财政局干部队伍建设风采录》为题，向全国财政系统介绍了我局干部队伍建设的情况。该文开篇就满腔热情地写道："走进株洲财政局，无论是徜徉在优美整洁的办公区，还是漫步于凝聚株洲财政发展史的展览室；无论是与普通的财政干部交流寒暄，还是翻阅株洲财政文化建设手册，那份真诚、自信、从容和厚重，让你每时每处都体味着一股文明之风扑面而来。"

文章结尾，还充满信心地鼓励我们："将以一流的团队、一流的业绩、一流的服务，努力铸就财政事业更为辉煌的明天。"

言之切切，情之殷殷，这让我们无比感动。我想，还有什么比财政部的鼓励和认可让人感到更自豪、幸福和快乐呢？

省财政厅对株洲的关怀

作为长株潭都市圈的重要一极，株洲市的财政工作始终受到省厅的高度重视和关心。株洲市财政的工作无论是业务建设，还是队伍建设，也因此始终走在全省财政系统前列。

实例：三任厅长的认可

在财政工作期间，我经历了3任厅长的领导。每位厅长对株洲市财政，都是关爱有加。

2011年8月30日，时任省财政厅厅长的领导同志一行来株洲调研，在市财政局听取了有关财政工作的汇报后，对陪同接待的株洲市的市委书记、市长等领导说："株洲财政各项工作做得很好，在全省是一流的、优秀的。一个好班子带出了一个好团队，也请市委多关心他们。"

2013年8月，时任财政厅厅长，在株洲醴陵考察时，对陪同

第五章 乘高决水

的株洲市主要领导及在场的同志说:"株洲的财政工作做得好,工作主动,连部里很多司局都很熟悉株洲财政。"

2014年3月,刚刚履新的省财政厅厅长一行来株洲调研,并在市财政局召开了座谈会,市委、市政府主要领导都出席了座谈会。在听取财政工作汇报后,厅长发表了热情洋溢的讲话:"刚刚听了市财政局的汇报,这是我来湖南后,在各市州财政局局长汇报中,我听到的最好的一个。他把部里和省里财政工作会议的精神领会得好,简单地提了七条,全部领会了。按照这七条做下去,肯定在全国都是先进。"他同时对我们的机关文化建设给予了高度赞扬,也对市委、市政府关心支持财政工作表达谢意,接着对我们提出的九个问题也一一做了答复。

在日常工作中,省厅的其他领导和处长们也都非常关心和支持株洲工作,还把很多活动都安排在株洲,表达了对株洲的肯定和信任。

实例:特批的基础设施配套费提标政策

2010年国庆节期间,新落成开馆的株洲规划展览馆广场前,排起了参观的"长龙",有本市市民,也有外地游客,有老人也有小孩。参观后,大家无不称赞展览馆很大气、很现代,甚至有人还把它与上海世博会的场馆比。就当时来说,与同类型的展览馆比,它确实是非常漂亮的,堪称省内乃至国内一流的展馆。

然而,不为人们所知的是,株洲市规划展览馆的顺利建成,不仅凝聚了株洲财政人的心血,更是得到了省财政厅和省物价局的大力支持。

这事还得从2008年说起。当时,株洲市的城市"三创五改"如火如荼。搞建设就得花钱。钱从哪里来?财政得想办法。听说长沙市的基础设施建设配套费提标了。得此信息,我们马上请示政府领导,开启了基础设施配套费提标的争取之路。开始并不顺利,有关部门担心配套费提标有政策障碍,我们认为,在长株潭一体化城市的大背景下，长沙可以有的政策，株洲也应该有。最后，在财政厅综合处易德华处长的大力协调下，省财政厅和省物价局特批了株洲市基础设施配套费提标。住宅用地由原来的40元/平方米，提高到133元/平方米；非住宅用地由原来的60元/平方米，提高到164元/平方米。提标前的2010年基础设施配套费总收入为7661万元，提标后的2011年总收入达到了约2.79亿元，净增20216万元，增长了263%，因此，也就有了建设株洲规划展览馆的决策，并很快付诸行动，资金就从每年的配套费中安排，连续3年，每年3000万元，总计1.1亿元。省财政厅和省物价局给株洲特批基础设施配套费提标的支持，让株洲的规划展览馆建设走在了全省的前列。

实例：特定参加先进事迹巡回报告

2011年，省财政厅在全省财政系统弘扬干部创业的担当精神、爱岗敬业的奉献精神，组织推荐了一批具有代表性的先进典型，组成全省财政系统先进事迹巡回报告团，分赴各个市州进行巡回演讲。报告团有7名成员，其中6名先进个人、1个先进集体。6名先进个人中，有"冒着丢乌纱帽"的风险去改革创新、重拳出击"买卖"税收行为的姚建刚，有接受组织越调越远、越调越穷的地方去工作的向延华，有在平凡岗位兢兢业业干得非常精彩的陈保华，有热爱财政事业、懂得生命意义的刘跃芳，有敢于担当、严格履行自己职责的杨晓程、张龙英。而报告团唯一一名集体成员就是株洲市财政局。厅党组决定由株洲市财政介绍团队建设的先进经验。

我们深知，让我们作为先进参加巡回演讲，既是厅党组对我们的鼓励和信任，也是对株洲市财政团队工作的肯定和奖励。

市委、市政府对财政的关爱

市委、市政府对财政工作的重视和支持，体现在对习近平总书记

第五章 乘高决水

关于"财政是国家治理的基础和重要支柱"的英明论断,认识上有高度,行动上有力度。

书记、市长们高度重视。历任书记、市长都高度重视财政工作,每年年初的财政预算,市长要主持政府常务会议进行讨论,书记要主持市委常委会会议进行讨论,然后交由市人大会议审议通过;每年年末的财政关账都要亲自到场,并作重要讲话;每年一次的财政工作总结和工作安排部署会都尽量出席,即使不能参加,也会以书面形式对财政工作进行肯定和鼓励,并提出具体要求,指明发展方向和发展目标。

分管领导的大力支持。我在财政局工作期间,先后有多位直接分管财政的常务副市长。这几位领导工作能力强,水平高,工作方法也各有特色,给我留下了深刻印象,也让我深受其益。

财政是社会各种利益和矛盾的交汇点,在"资金有限,事业无限"的现实面前,"要用钱"和"没有钱",甚至是"多给点"和"少用点",总是一对难以调和的矛盾。

如何协调矛盾,让矛盾得到较好的处理,甚至是达到和风细雨让人满意的效果。这不仅要看协调者的智慧,也要看其处理问题的价值取向。

常常让我们感动的是,领导们总是能把握好大局,既能让做事的人高高兴兴地把事做好,又能让管钱的人开开心心地提供资金,更能让财政人有底气处事,让有限的资金发挥更有效的作用。

实例:市长的"弦外之音"

记得有一次政府常务会议,在讨论某单位追加活动经费后,市长给与会的市直单位领导提了一个要求:"今后凡是没有预算安排的项目,原则上不能进行追加,上面有要求必须追加的资金项目,财政必须严格把关。"这段话实际有两层意思:一是各个单位要严格追加事项,二是财政必须严格测算与评审。如果说有弦外之音的话,那这就是给了财政一把尚方宝剑,让财政理直气壮地开展有关资金的审核。当然,我们也不是毫无根据地任意作为,而是实事求是地从工作出发,提供必需的财力支持。

实例：梦圆百亿的重大决策

2009年，株洲财政收入首次突破100亿元大关，成为继省会长沙之后的全省第二个财政收入过百亿的市州。这是市委、市政府重视财政工作做出的大胆决策。

2009年正是受国际金融危机影响最深的一年，收入形势一度十分严峻。

在2月以前，全市财政收入还出现负增长，3月以后尽管"由负转正"，但收入增长仍然徘徊不前。

直到7、8月，我在全省市州财政局局长会上汇报株洲市财政工作时，还这么讲："收入在艰难中缓慢增长，支出在重压下基本保障，对策在深夜里冥思苦想。"

就在我们为完成当年的目标任务左顾右盼、信心不足的时候，市委、市政府审时度势，科学决策，为财政工作指明方向，明确目标。

当时，市委、市政府大胆决策，提出了"目标不变、标准不降、速度不减"的"三不"要求，并明确提出财政收入要瞄着100亿元的目标奋斗。

株洲2008年完成财政收入是82亿元，2009年要达到100亿元，意味着要比上年增加18亿元，增幅要达到22%。

现在回想起来，市委、市政府的决策，既是"冲锋号"也是"强心针"，既给了我们征战的"底气"也给了我们破城冲关的"锐气"。

当时，面对严峻复杂的财税形势，市委、市政府领导给予了高度关注和重视，市委书记多次听取财税工作情况汇报，市长、常务副市长多次到财税部门现场办公，帮助我们分析形势，研究对策，排忧解难，也正是有了市委、市政府的坚强领导和果断的决策，坚定了财税部门迎难而上保增长、化压力为动力、坚定不移谋跨越的信心和决心。

2009年，保增长成为财税工作的主旋律。市财政坚持两手抓：一方面，大力解放思想，支持全市经济发展，努力培植财源；另一方面，千方百计，加强征管。

这一年，我们实现了梦圆百亿元的跨越目标，这在株洲财政史上应该是具有里程碑意义的。

第二节 信任——前行的底气

财政是提供资金保障的部门，工作涉及面广，离不开各方支持。没有社会各界的信任和支持，我们就失去了工作的社会基础，将寸步难行。

怎样改进我们的服务，怎样赢得社会各界的信任、理解和支持？经过反复思考，我提出，要从三个方面入手：第一，要走上门沟通，多与服务对象交流，了解他们的实际情况和面临的困难；第二，要走出去服务，把财政政策、利好消息和资金支持主动提供给被服务方；第三，请进来监督，不仅要打开大门，还要请人家登堂入室，将其奉为座上宾，对我们的工作进行指导、监督。

实例：没有用上的"检讨稿"

2009年底，市里组织开展市直单位行风评议测评。当时正是在编预算的时候，大家知道，编预算是利益的博弈。而且，那一年城市"三创五改"工作投入了大量资金，财政运行比较困难，大半年都没有安排追加经费。

因此，在打分之前我对结果做了最坏的打算。因为评议得分倒数几名的单位要上台作检讨，所以我们事先把稿子都准备好了。

但最后的评议结果出乎我的意料：我局的测评得分竟然在所有的市直部门中名列前茅。

看到有这么好的结果，当时分管财政的常务副市长就说："财政和发展和改革委员会都是我分管的部门，财政得了第4名，比发展和改革委员会得了第1名，更令我感到高兴！你们财政面临的矛盾实在是太多了！"

从公众测评中，我们就可以看出社会各界对财政工作是真正的理解和支持。

每年的政绩考核、行风评议和社会公众满意度调查，社会各界都投了财政的满意票，财政部门在市直机关中都是名列前茅。特别是在城市创建工作政绩考核社会评议中，我局更是连续两年位列第一名。

能够得到那么多的肯定票，我认为并不是财政工作做得如何好，而是社会各界对财政多了一份理解支持，多了一份信任。

实例：专项资金预算安排听证于民

2013年12月27日上午，市财政举行了2014年公交站场建设专项资金预算安排初审听证会，就公交站场建设专项资金预算举行听证会。这是贯彻落实中央关于建立公开透明的预算制度的具体行动，也是对市民知情权、表达权和参与权的充分尊重。

市人大、市政协分别推荐了2名听证代表。我们通过网络媒体向全市征集了8名市民代表，还有40余名旁听市民。

一场听证会吸引了各方人士的参加，说明了社会各界对公共事务的关心和对财政事业的支持。而此次听证会也开创了全省财政系统预算安排初审听证的先河。

起初，局里有的同志对召开这么一场听证会有些疑虑。我说："不要担心，公交站场建设是有利于民生的好事实事，怎么建？建在哪？多听听各方的意见有利无害。"

听证会上，市公交公司就我市公交站场设施现状、"公交都市"创建的要求和效果，以及申请公交建设专项资金财政支持的理由三个方面做了《关于申请预算安排公交站场建设专项资金的报告》；市财政局经济建设科的同志宣读了《关于公交站场建设专项资金预算安排的初审意见》。

各位听证代表在听取了市公交公司及我局的报告后，均对此次预算安排发表了各自的意见和建议。

第五章 乘高决水

有代表发言说，株洲公交闻名全国，但也存在站场建设不足问题。公交关乎广大市民出行，市财政应予以大力支持。还有代表建议，市财政应继续加大对我市公交事业的投入，坚持公交优先、民生优先的原则。还有代表甚至直接提出，公交站场建设资金每年应不少于5000万元。

我虽然没有到现场参加听证会，但详细了解了相关情况。我和局里的同志说，这次听证会开得不错，财政资金"取之于民，用之于民"，怎么用也应"请教于民"。根据听证会上市民代表的意见，我们在原计划预算安排5000万元的站场建设费，再加了1000万元，达到6000万元。

"一本账，不如群众心中一杆秤；几双眼，不如群众眼睛千万双"，我市的公交站场建设专项资金预算初审听证，虽是"阳光财政"一小步，却足以振奋人心。市民开始参与公共财政决策不仅增加了对财政业务的了解，更增加了一份对财政的理解与信任。

实例：民有所盼，我有所为

人大代表和政协委员传递的是人民的呼声和诉求，作为一局之长，对人大代表建议和政协委员提案，我一直给予高度重视，总是叮嘱各相关科室要积极回应。早在2010年3月，在我的亲自审定下，结合我局实际，制定了《株洲市财政局人大代表建议、政协委员提案办理方案》。成立了局建议提案办理领导小组，我担任了领导小组组长，为第一负责人。办理工作实行科（处）长负责制，各承办科室（单位）主要负责人为第一责任人。

株洲发生了翻天覆地的变化，市民幸福指数一路攀升。但是，还有不少阳光没有照到的角落。比如，市区里还有一些无物业管理的老旧小区。这些小区普遍存在道路破损、下水道易堵塞等问题，生活在这些小区的居民普遍感觉居住舒适度较差。

有一位市人大代表，从2013年起，先后提出了60多条建议，全部是关于老旧小区的整治等社区民生方面的内容。2015年株洲"两会"时，她建议市政府对市区的老旧小区进行一次全面摸底，搞清楚这些小区各自面临的困难是什么，然后再出台方案，由财政拨出经费，全面对老旧小区进行整治。

根据代表建议，我们结合棚户区改造项目对老旧小区进行改造。从2013年开始，全市17个老旧小区被纳入市本级棚户区改造计划，近6700户小区居民的生活条件得到改善。2015年，18个改扩翻建项目开工，意味着这18个老旧小区的居民在年内可享受到住房环境提质的"待遇"。此外，我们连续多年提高对社区的投入，2014年，市区的社区可获得财政拨款17.5万元，其中有相当部分的经费用到了老旧小区的整治上。

我局的建议提案办理工作及时准确，而且充分接受、积极采纳人大代表和政协委员的建议提案中的合理意见，受到市委、市政府的表彰，也得到了全社会的进一步认可。

第三节　团结——向上的朝气

回望在财政的这八年，我有着深深的感动，感动于一支优秀团队给予我的鼎力支持。

毫不夸张地说，我们的财政团队有着非凡的凝聚力和向心力。任何工作生活在这个团队的人，包括曾经工作生活过的人，都有着浓浓的株洲财政情结。大家都把财政当作自己的家，都深爱着这个家，都愿为这个家付出，都愿为财政形象增光添彩。正如我局一位干部在市里召开的某会议说过的："我虽然不能代表财政，但我处处维护财政形象。"

如何让财政的这一优良传统不断延续下去，如何让财政人的凝聚力和向心力转化为事业进取的动力和团队向上的朝气，是我担任局长以来一直在思考的问题。通过实践，我们总结出了几点经验，那就是"四力并举"：以目标催生动力，以学习提升能力，以制度产生定力，以文化激发活力。

第五章 乘高决水

在我看来，这四个"力"是一个递进关系，而且首尾相接：

以目标催生动力：作为一个团队，首先要明确自己的目标，有目标才能催生前进的动力。

以学习提升能力：有了目标之后，还需要有一支高素质的团队去实现，而培养高素质团队的根本就在于抓学习。

以制度形成定力：干部的能力提升以后，又需要以严格的制度让干部产生定力。这个"定力"就是对名利、物欲的克制力。

以文化激发活力：制度可以让人"不走样"，但往往又会使人思想僵化。这就需要依靠文化的力量，以文化激发团队活力，形成团结进取、和谐向上的浓厚氛围，从而更好地实现既定的团队目标。

目标催生动力

目标是前行的动力。一个能统一思想意志、催生强大动力的奋斗目标，是造就一支优秀团队的根本所在。

2008年，我刚任局长不久，面临的形势是，在历届班子的带领下，我局已荣获了株洲市、湖南省文明单位和全国财政系统先进集体等荣誉。在如此高的起点上，今后的路怎么走、目标怎么定、队伍怎么带？这是个现实的问题，也是一个严肃的课题，必须迅速做出回答。

有梦想就会有未来，有目标才会有动力。只有提出更高的目标和追求，才能凝聚力量，创新发展。

通过一段时间的思考，并集体讨论后，局党组果断而又响亮地提出了"争创全国文明单位，争做人民满意公仆"这一"双争"奋斗目标。后来，结合"创先争优"活动，又进一步确立了"个人争优秀、班子争先进、团队争一流"这三个层次的具体目标。

一是"个人争优秀"，就是把"精于理财，严于律己"作为干部的行动指南，推动干部作风由"过得去"向"过得硬"转变，工作方法由"被动落实"向"主动服务"转变，努力打造一支科学、高效、廉洁的财政干部队伍。

二是"班子争先进"，就是始终注重加强班子自身建设，在班子内部营造一个顾全大局、团结进取、互相尊重、互相补台的工作氛围，努力成为一个非常团结和有战斗力的领导集体。

三是"团队争一流"，就是坚持以更高的标准提升形象，以更严的要求规范管理，以更新的举措锤炼团队，以更活的形式凝聚人心，努力造就一个想干事、永葆激情的光荣团队。

在明确目标的同时，从2009年起，我们每年都推出一个主题，也作为年度的目标，围绕其展开工作，并取得了丰硕的成果：

"畅想2009"，我们圆了百亿元财政的梦，成为全省第二个财政过百亿的市州；

"激情2010"，我们保障了城市提质"四创四化"项目的顺利推进；

"奉献2011"，我们举全局之力，获得了"全国文明单位"的光荣称号；

"扬帆2012"，我们实现了财政收入"三年翻番"的目标；全市公共财政预算总收入213.8亿元，增长了21.9%；

"启航2013"，我们从新的起点出发，确定了朝着"提升文明机关形象，争做人民满意公仆"更高目标奋进的方向；

"破浪2014"，我们乘着十八届三中全会的东风，拉开了全面深化财税体制改革的大幕；

正是这些目标的指引，催生了全局上下无穷的动力，开创了株洲财政团队建设的新局面。

随着文明创建工作的深入推动，我们的工作也不断迈上了新的台阶。

学习提升能力

对许多人来说，北京大学、清华大学是不可企及的神圣的学习殿堂。但对我们财政的一些同志而言，只要平时的工作表现突出，并能通过严格的选拔考试，他们就能幸运地被选送到北京大学、清华大学等名校读研习班。

在我们局，像这样为干部职工提供学习机会的事例不胜枚举。我

第五章 乘高决水

为什么如此重视学习呢？因为我认为，要推动财政事业的提速发展，实现我们既定的奋斗目标，就必须打造一支能实现这一目标的队伍。如何打造一支政治坚定、作风优良、业务熟练的优秀财政干部队伍呢？最重要的举措就是抓学习，以学习提升团队素质，以学习养成一个团队突破自我、追求卓越的气质。

我们在抓学习、提升团队素质方面不遗余力，我们有"促学三举措"：

一是"送出去"。成批选送干部到清华大学、北京大学、湖南大学等名校充电，进行经济、金融、管理、财税、法律、科技、信息等十多个专题的学习，培养干部的前瞻思维和创新意识。

二是"请进来"。不定期邀请专家名师来株洲开展专题讲座，如经济学家贾康、魏杰等，给财政干部释疑解惑，增长见识，及时掌握新知识、新政策，灌输新思维、新理念，让大家不出家门也能接受最前沿的理论熏陶。

三是"比起来"。定期安排了各类竞赛活动，如业务考试、业务讲坛、业务晒账等，评选"十佳学习型科室"和"十佳学习型标兵"，在机关干部中形成了"以比促学、学用结合"的良好学习氛围。

我们提倡学习，大力推动了团队建设，成效十分喜人：一种"讲学习、强素质、争一流、当标兵"的浓厚氛围在局里形成。干部的学历层次、专业技能和理财水平得到了整体提高，全局60%以上的干部取得了中级以上专业技术资格。其中注册会计师22人，高级会计师9人，中级会计师89人。

我们的财政干部队伍已然呈现出一种奋发向上、知行并重、追求卓越的特有气质。有外单位的领导曾这样当面向我表示："我最羡慕你们财政的，就是有一支素质高、想干事、能干事的队伍。"

制度产生定力

财政干部担负着为国理财的重任，也时时面临着金钱、地位和名利的考验。如何应对这种考验？依据长期的工作经验，我知道，必须依靠科学、严密的制度，帮助我们的干部养成坚持操守、清白做人、廉洁理财的定力。

"千磨万击还坚劲，任尔东西南北风。"为了让机关干部在内心深处形成一股强大的"定力"，我们坚持把"制度管人、制度管事、制度管权"贯穿于财政工作的始终，按照"财政工作讲规律、内部管理讲规矩、廉政自律讲规定"的要求，建立健全了涵盖预算管理、资金管理、内务管理、廉政管理等方面100多项规章制度，初步形成了责任明确、程序规范、执行有序、合理制衡的管理体系，使制度成为干部工作的指南。同时，全面开展"权力搜索、监督定位、流程规范"工作，让权力在阳光下运行，监督落到节点上，严格控制自由裁量权，防止"随意用权""暗箱操作"问题的发生。

我们大力加强廉政教育。将每年的4月21日确定为株洲财政的"廉政教育日"（1952年4月21日，由毛泽东主席签署命令公布施行新中国第一部系统反贪法律文件《中华人民共和国惩治贪污条例》），举办廉政教育"八个一"活动（如一次廉政建设分析会、一堂专题讲座、一封廉政公开信、一次警示教育等）。

我们通过建章立制，廉政教育，有效规范了机关内部管理和理财行为，严格控制了自由裁量权，防止了"随意用权""暗箱操作"问题的发生，增强了干部谨慎用权的"定力"，进一步确保了财政资金和财政干部"两个安全"，使制度不仅是"紧箍咒"，更是"护身符"。制度促使干部形成了"定力"，也让株洲财政的形象在老百姓的心目中越来越好。一位多年来一直关注财政局行风建设的株洲市政协委员，曾经专门向政协全会递交一份提案："建议全市的机关作风建设要推广株洲市财政局的经验。"

文化激发活力

2011年7月，一本名曰《静水激流——株洲财政机关文化建设纪实》的书在株洲的一些机关里引起了不小的轰动。其实，这不是什么畅销书，而是一本关于机关文化建设的书。而更让许多人意想不到的是，这是

第五章　乘高决水

一本株洲财政干部集体创作出来的书。中国作家协会副主席谭谈读了书稿后，连说了三个"没想到"：没想到财政工作原来这么缤纷多彩，没想到一本机关文化建设的书写得这样有创意，没想到财政干部的文化涵养这么高！谭谈副主席于是欣然为《静水激流——株洲财政机关文化建设纪实》作序并给予高度评价。

我担任了这本书的主编，局里还有几位处级领导参与了具体工作，比如设定章节、内容、体例；各科室指定文字功夫较好的人员，在不影响本职工作的情况下撰写文稿。历时数月，几经打磨，一本起初并不被人看好的书，终于以较高质量完成了。

在《静水激流——株洲财政机关文化建设纪实》一书的前言里，我写下了这样一段话：回望株洲财政每一次前行的足迹，无不印证文化对为之奋斗的财政人的影响与熏陶，也无不感到一代又一代财政人耕耘、建设财政文化的殷殷之情。

这本书就是内涵丰富的株洲财政文化的最好注脚。

"国民之魂，文以化之；国家之神，文以铸之。"在当今中国，文化的力量，比以往任何时候都显得更重要。文化理当成为一个机关的灵魂、一个团队的导向。只有把文化的理念渗透到每一个团队成员的心田，才能凝聚力量、激发潜能、迸发活力，进而铸造一个生机勃勃的优秀团队。

我们一直高举文化建设的旗帜，"以文化人、以人兴财"，努力把健康向上、具有时代气息的机关文化渗透到财政工作的方方面面，使干部职工做到自励、自警、自信、自乐。文化的力量，如无形之手，使我们财政干部的精神面貌为之一新，有力地推动了财政事业的快速发展。

我们主要有这样一些做法：

一是提炼财政文化理念

我们组织干部开展财政机关工作理念大讨论，共同提炼出"激情成就梦想，奉献体现价值"的机关精神；"理财让公众放心，服务让社会满意"的工作理念；"激情工作，快乐生活"的人生理念；"精于理财，严于律己"的职业准则。开展"格言警句上墙"活动。每个科室（单位）都有一条以上符合自身工作性质的格言警句，以此进门出门看见时常提醒自己。

二是打造财政文化精品

我提议全局干部参与，开展文化建设"五个一"工程：建立了株洲财政展示室，记录了六十年多来株洲财政的发展历程；创办了《株洲财经天地》刊物，作为宣传财政政策、交流财政工作、展示财政文化的一个平台。制作了一部财政形象宣传片；编写了一本《株洲财政发展史》。由机关干部自编自写，出了两本书：第一本的书名叫《静水激流——株洲财政机关文化建设纪实》，它依托一个个真实、鲜活的事例，反映了株洲财政人的所思所想、所作所为；另一本书名叫《若水情怀》，收集的是大家工作学习之余写下的读书随笔、工作体会、游记见闻。

三是建设财政行为文化

我们注重把文化建设融于各种主题教育活动之中。在农村，开展了"联一乡、促一村、帮一户"的"三个一"帮扶活动；在社区，开展了"走基层、大帮扶、献爱心"活动；在企业，开展了"双联"等活动；在预算单位，开展了"进机关、听意见、转作风"等活动。这些活动的开展，使干部切身体验了基层工作的实际，知道了服务对象在想什么、盼什么，需要我们帮助解决什么，并从中受到了教育，懂得了如何让公共财政的阳光照耀到真正需要照耀的地方。同时，我们通过开展"春晚"、"和谐大家庭"晚会、书画摄影比赛、趣味运动会等丰富多彩的文体活动，努力把机关搞活一点，使干部陶冶情操、提升品位。

文化的作用是神奇的，魅力是无穷的。文化建设，培养了干部健康向上的生活情趣和积极乐观的生活态度，真正达到了使干部激情工作、快乐生活的目的。更为重要的是，使财政干部产生了强烈的荣誉感和自豪感，用自己的实际行动去维护财政荣誉和形象，在工作中充满积极进取的锐气和力争上游的动力。

第四节　荣誉——进取的锐气

春华秋实，果压枝头。在上级业务部门的关怀下，在市委、市政府的正确领导下，在社会各界的鼎力支持下，在财政团队的奋力拼搏下，株洲财政工作呈现出一片喜人的气象。我总结了一下，有"五个大"，那就是理财观念大转变、财政发展大提速、民生福祉大改善、财政监管大加强、团队形象大提升。

理财观念大转变

面对如火如荼的建设形势，我知道，只有实现理财观念的大转变，才会有财政事业的大发展。在财政资金供给与经济社会发展的需求矛盾面前，我们必须冲破固有思维惯性，勇于开拓创新。这样才能更好地服务全市发展大局。因此，我旗帜鲜明地提出了财政工作要由"有多少钱办多少事"向"有多少事尽力筹多少钱"转变的工作理念，要求全局上下致力于理财观念的创新和突破，谋划怎样干成事的方法，以事聚财，为事谋财，在更高层次发挥了财政的职能作用。我提出，要用联系的、发展的观点看待财政工作，做到"两破两立"，即"破小立大"，突破"财政盘子里有多少钱就办多少事"的小平衡观念，树立财政资金与政府资源统筹的大平衡观念；"破静立动"，突破"每年有多少钱就办多少事"的静态平衡观念，树立提前调度、分年预算、滚动平衡的动态平衡观念。

在多次会议上，我总是不厌其烦地强调要实现理财观念的转变。比如，全局同志要树立"集中财力办大事，握紧拳头保重点"的理念，争资支持项目，融资支持建设，调资支持发展，全力支持城市发展和重点项目建设。又比如，要践行"民生优先"的理念，通过积极调整和优化支出结构，财政保障的重点实现了由"保运转"向"保民生"

的转变，财政民生投入大幅增加，公共财政特性更加凸显。

财政发展大提速

让我备感幸福和骄傲的是，我在财政的几年里，财政事业实现了发展大提速，我和同事们收获的最亮眼的成绩单，就是越做越大的"财政收入盘子"。

2007年，我刚到市财政局，全市财政总收入是67.6亿元。

2008年，全市共完成财政总收入82.1亿元，比上一年同比增长21.5%。

2009年，全市财政总收入突破100亿元大关，达到成为继省会长沙之后的全省第二个财政收入跨越百亿元大关的市州。

2010年，全市财政总收入又跃上了131亿元的新台阶，一年净增了31个亿。

2011年，全市完成财政总收入175.36亿元，增长了33.93%，增幅创下1994年"分税制"改革以来的新高。

2012年，全市完成财政总收入213.8亿元，首次突破200亿元大关，顺利实现在2009年的基础上"三年翻番"的目标。

2013年，全市完成财政总收入235.6亿元，比上年增加21.7亿元，增长了10.2%。

2014年，全市完成财政总收入263.98亿元，增长了12.06%，总量位居全省第二，提前一年实现"十二五"规划确定的财政收入目标。

一位老财政人参观财政发展史，看到从50年代株洲财政创立之初年收入30万元到现在的260多亿元时，感叹道："真是不敢想象，这是光的速度啊，太令人高兴了。"

民生福祉大改善

悠悠万事，民生为先。一直以来，株洲市委、市政府高度重视民生问题，财政部门按照市委、市政府的决策部署，提出财政保障重点要由"保运转"向"保民生"转变的民生财政理念。

第五章 乘高决水

在局党组会上,我多次强调,把保障和改善民生作为财政责无旁贷的重要任务,积极完善以人为本的公共财政支出体系,努力确保市委、市政府执政理念的贯彻落实,做有为财政。

我提出了"三个优先"的原则,即坚持"预算优先立项、追加优先安排、拨付优先到位"的"三优先"原则,不断加大民生投入力度,促进民生福祉的大改善。

我们坚持财力分配向民生领域倾斜,向教育、文化、卫生等社会事业倾斜,稳步提高新增财力用于民生支出的比例,支持解决就业、社会保障、医疗卫生、收入分配等人民群众最关心、最直接、最现实的利益问题,同时,积极推动财政民生支出由"舍得花"向"花得好"转变,努力让全社会共享改革发展成果,同沐公共财政阳光。

株洲每年财政用于民生领域的支出,占到了一般预算支出比重的70%。以2014年为例,全市完成公共财政支出294.21亿元,增长了14.48%。其中,直接用于民生领域的公共财政支出达到208.35亿元,增长了23.28%,高于公共财政支出增幅8.8个百分点,占公共财政支出比重的70.82%,比上年提高5.06个百分点。

财政监管大加强

随着事业的发展和财税体制改革的不断深入,财政监管的重要性日益凸显。

我以为,财政监管是一个系统工程,需要多部门协作,形成合力。

我们大力推进了部门预算、国库集中支付、非税收入征管、政府采购、行政事业单位资产管理等各项改革,通过抓实收入管理,健全增长机制;抓细预算编制,确保预算规范;抓紧支出管理,提高资金效益;抓好信息化建设,强化技术支撑,财政资金管理使用更加安全高效,科学化精细化管理格局初步形成。

我们坚持把"依法、依规、依程序"作为财政工作的行为准则,大力推进依法理财、科学理财,财政运行的全程监管格局基本形成,工作取得了积极成效。比如,我们深入开展"小金库"专项治理,连续三年荣获全省先进；加强政府采购监管，强化财政投资评审管理，不断扩大绩效评价范围，初步建立了预算编制、预算执行、监督检查、绩效评价"四位一体"的财政监督运行机制；加强财政管理信息化建设，实现了对财政资金运行的全程网络监管。

团队形象大提升

随着财政保障任务日趋艰巨，财政部门服务经济社会发展的责任加重，客观上对财政队伍的要求越来越高。因此，建设一个"讲政治、顾大局、勇担当、重廉洁"的财政团队，是我们面临的紧迫任务。

时不我待，只争朝夕。我和党组一班人适时提出了让财政干部作风要由"过得去"向"过得硬"转变。围绕"争创全国文明单位、争做人民满意公仆"的目标，我们推出了"以目标催生动力、以学习提升能力、以制度形成定力、以文化激发活力"的"四力"举措，努力打造一个作风优良、务实高效、充满激情和活力的财政团队。

我们先后开展了"服务质量提升年""上机关、听意见、转作风""满意在财政、满意在岗位"等活动，干部的宗旨意识、公仆意识、服务意识、廉政意识得到进一步增强，工作作风实现了由"被动落实"向"主动服务"的转变，几年里，我们对预算单位走访率达100%，通过实地、深入了解情况，帮助预算单位解决了很多困难和问题。同时，通过制度建设和约束，确保了财政资金和财政干部"两个安全"。"理财让公众放心，服务让社会满意"这一理念已经成为财政干部的自觉行动。

伴随着各项工作的喜人局面，荣誉也纷至沓来。

2009年，获得"全国精神文明建设先进单位"的荣誉。

2010年，获得株洲市"模范学习型党组织"荣誉。

2011年4月，财政部人事教育司专程派人来株洲，就我局团队建设与机关管理进行调研，并将经验在全国财政系统予以推介。

2011年6—7月，省财政厅组织开展全省财政系统先进事迹巡回报告活动，我局作为全省唯一的先进集体代表赴各市州巡回演讲。

2011年底，喜讯从北京传来，我局成功摘取了"全国文明单位"

的桂冠。全国文明单位是全国性的最高荣誉，是一个单位综合实力、整体形象的集中体现。

2012年，我局获评全省第三届"三湘读书月"十佳书香机关。

在全市政绩考核中我局年年被评为"一等单位"，而且2012—2014年这三年都是第一名或第二名。

我深知，这些荣誉和奖牌的获得的确来之不易。所有荣誉也都是集体力量的结晶。荣誉是载体，凝聚了全体财政人的奋斗和汗水。荣誉是鼓励，更是动力，激励我们一直保持进取的锐气。

第六章　楼台近水

楼台近水涵明鉴，草树连空写素屏。

——陈与义

"楼台近水涵明鉴，草树连空写素屏。"这是出自宋代陈与义《寺居》的诗句，大意是：靠近水面的楼台能先看到潜入水中明镜似的月亮，远望草木与天空相连，那洁白的天空如同可借书写的屏风，比喻能优先得到利益或便利的某种地位和关系。我想，我没有写"素屏"的气魄，也没有写"素屏"的才华，但我有幸站在了财政这个"近水楼台"，确实收获了很多。前面已经讲到，我在财政八年，是株洲市财政事业蓬勃发展的八年，无论是财政业务建设还是财政队伍建设，都有一个崭新的变化。无论是财政团队还是我个人，都获得了很多的荣誉。我曾说过一句发自肺腑的话："是财政成就了我。"当然，我也把整个身心献给了财政事业。但是，如果不是在财政这个平台，我能得到来自方方面面的关心支持？我能有这样自认为的高光时刻？答案可能是否定的。

第一节　媒体关注给力

作为治国理政重要支柱的财政，它始终是社会各个方面关注的重点。但事物往往有其两面性，大家的关注就如同"双刃剑"：工作做好了，会众口称赞；一旦工作有了失误，则可能成为众矢之的。非常有幸的是，财政工作在方方面面的关注支持下，还真的是风生水起。这里，我想单独讲讲媒体给财政工作的支持。

说实话，组织派我到财政，我最大的缺陷是缺乏业务知识，缺乏领导财政工作的实操能力，自觉确有"才不配位"的问题。因此，我"压力变动力"，不断加强学习，学财政知识，学财政政策，并不断加以思考，常常将自己的所思所想所悟诉诸笔端，逐步形成了自己的一些思想和观点，这些也常常得到了媒体的关注与认可。《中国财政》《湖南日报》《湖南财政》等报刊相继刊发了一些代表本人观点的文章，为推介和宣传株洲市财政工作起到了非常积极的作用。这里选录了部分已刊发过的文章，诚请读者指正。

财政：助推企业发展

在金融危机尚未探底、影响还在持续、各项经济指标出现负增长的危急关头，保持经济平稳较快发展成为今年经济工作的第一要务。企业发展是经济发展的命根子。保住企业，就保住了希望。企业发展了，经济才会发展。财政部门作为最重要的经济部门之一，应当充分发挥其资源配置等职能，为企业的稳定发展创造最有利的外部环境。

坚定不移地落实好企业发展优惠政策。当前，中央为扩大内需、刺激经济发展，全面实施增值税转型，落实已出台的中小企业、房地产和证券交易相关税收优惠及出口退税等方面政策，取消和停征100项行政事业性收费。这些政策的执行，短期内将会对地方财政产生明显影响。但从长远来看，这些减免税费的优惠政策能够有效帮助企业发展，促进经济增长，从而形成有效财源。所以，一定要坚定不移地认真落实好这些企业优惠政策。要用足用活税费优惠政策，根据国家产业政策和区域发展政策，对需要鼓励和重点扶持的行业和产业，研究制定有关税费配套政策。

贯彻落实新的企业所得税法，做好扩大增值税抵扣范围试点工作。按照收支两条线和收支脱钩的要求，实行清费正税，逐步减少收费项目，降低收费标准，取消不合理的收费，切实减轻企业负担。

加大对企业的资金支持力度。一方面，加大财政资金投入和整合力度。将科技三项费用、园区建设、电动汽车产业发展、企业挖潜改造、中小企业发展和风险担保补偿等各项资金集中整合起来，加大对企业的资金支持力度。另一方面，积极开展融资争资引资工作。加大对地方金融机构支持力度，探索实施担保风险补偿机制，积极支持打包处置不良金融资产，促进企业减债脱困，推进企业重组并购。努力创新资金投入方式，充分发挥财政资金引导职能，综合利用各大融资平台，通过企业投入、招商引资、民间投资、国家投资、银行贷款、上市融资、盘活国有资产等多种渠道，动员和引导社会资金投入，形成多元化的资金投入机制。加大争资力度，努力抓住"两型社会"建设、国家加大投资振兴产业规划等一系列机遇，充分掌握各种政策动向，加强对上联系，完善项目管理，争取更多政策和资金支持。

突出支持重点，增强政策针对性。发挥财政性资金和政策的激励、引导作用，把支持发展的重点切实转到推进"大企业进入、大项目带动、高科技支撑"战略上来，支持重点地区、重点项目、重点企业发展。支持和培养中小企业及民营经济发展成长，最终形成多元化的财源体系。

此文发表于《湖南日报》（2009年5月14日）

关于透明财政建设的几点思考

所谓透明财政，就是财政的政务公开，即将财政的决策、预算、执行、决算等情况进行公开，实现政府理财活动公开化、科学化、民主化和法治化。当前，随着市场经济的深入发展和民主政治进程的加速推进，社会各界对建设透明财政的关注和期盼越来越高，成为一个热点话题。

所谓透明财政，既是公开、阳光财政，也是科学、民主财政，是建设民主政治制度的基础保障，是公共财政体制建设的本质内涵，也是新形势下做好财政工作的迫切需要。财政透明既是现代预算制度的重要标志，也是公共财政体制建设的基本要求。要让财政政务公开真正落到实处，还原公众的知情权和监督权，首要的是必须构建起高效运转的透明财政体系，实现财政运行全过程的公开、阳光、透明。

加强财政法治建设，构建透明法治。要加强财政公开立法工作，改进现行已不适应公共财政目标的法律、法规及预算管理的运作程序，形成透明规范的政策、法治环境。一方面，应通过《预算法》的修订，增加有关预算信息提供和披露的规范性内容，为财政公开透明提供法律支撑；另一方面，要依据《政府信息公开条例》，抓紧研究制定有关增强预算透明度的实施办法或细则，完善预算报告的内容，扩大信息公开范围，规范预算信息公开的程序和方式等，真正做到"以公开为原则，不公开为例外"。

深化预算管理改革，构建透明体制。要着力构建"政府主导、社会参与、人大监督"的预算管理体制，真正让政府预算成为"人所共知、人所共谋、人所共管"的民本预算、法制预算。一是完善预算管理体系，增强预算的完整性和统一性。二是细化预算编制，提高预算的透明度和精细度。三是推进"参与性"预算，确保预算的科学化和民主化。

完善预算执行监管，构建透明机制。预算执行公开透明是建设透明财政的关键环节。要着力加强预算执行的监管，不断完善财政财务公开的方式和途径，建立预算执行公开透明的运行机制。深化财政国库管理制度改革，完善国库集中收付运行机制和预算执行监控机制，提高预算执行的透明度，确保财政资金的高效、安全运行；完善政府采购规章制度体系，扩大政府采购管理实施范围，使财政资金使用更加透明，从根本上有效防止执行偏离预算、违规使用财政资金等现象；强化预算执行的约束力，规范项目支出管理，严格控制预算追加，制止"三公"（公车、公款招待、公费旅游）经费超支行为，避免预算与决算"两张皮"现象；完善财务会计管理，建立健全政府财务报告制度，真实完整反映政府"家底"及财政收支执行情况，为财政政务公开打下基础。

拓宽财政监督视野，构建透明体系。加强财政监督是建设透明财政的内在要求和制度保障。要围绕建设透明财政的目标，努力构建财政运行全方位、全覆盖、全过程的透明监督体系。全方位，就是建立起"人大法律监督＋财政部门内部监督＋审计外部监督＋社会舆论监督"的"四位一体"、内外结合的财政监督体系，增强财政管理的透明度和公开性，防止"随意用权"和"暗箱操作"，让权力在阳光下运行，监督落到节点上；全覆盖，就是健全覆盖所有政府性资金的监督体系，延伸财政监督的"触角"，整顿和规范财经秩序，确保财政财务的规范透明；全过程，就是构建融事前、事中、事后监督于一体的财政监督体系，实现财政资金"分配、拨付、使用、考评"全过程公开透明，努力让财政资金使用更规范、更透明、更有效，促进财政管理的科学化和透明化。

此文发表于《湖南日报》（2010年11月27日）

力求三个更加　做实民生财政

加快推进以保障改善民生为重点的社会建设，是贯彻落实科学发展观的重要任务，是全面建成小康社会的迫切要求。党的十八大报告提出，要多谋民生之利，多解民生之忧，解决好人民最关心最直接最现实的利益问题，努力让人民过上更好的生活。立足株洲的实际，财政部门将围绕贯彻党的十八大精神，紧扣"全面建成小康社会"的奋斗目标，力求"三个更加"，做实"民生财政"，为建设"幸福株洲"做出新的贡献。

第六章 楼台近水

一、力求民生保障理念更加彰显

悠悠万事，民生为先。株洲市委、市政府高度重视民生问题，提出要把保民生摆在第一位置、作为第一工程、第一责任，确立了"实施民生优先战略，建设幸福株洲"的目标。财政部门按照市委、市政府的决策部署，提出财政保障重点要由"保运转"向"保民生"转变的民生财政理念，坚持"预算优先立项、追加优先安排、拨付优先到位"的"三优先"原则，不断加大民生投入力度，促进了民生福祉的大改善。到2012年，全市直接用于民生的财政支出预计达到145亿元，是2007年的3.1倍。5年累计民生支出达532亿元，年均增长25%以上，占公共财政预算支出比重近70%。

"人民对美好生活的向往，就是我们的奋斗目标。"当前和今后一段时期，我们将秉承"人民群众的幸福感就是执政者的成就感"的理念，继续把保障和改善民生作为财政支出的优先方向，作为财政工作的出发点和落脚点，在坚持做到财政支出重点向"保民生"倾斜的基础上，积极推动财政民生支出由"舍得花"向"花得好"转变，用实实在在的"民生财政"新成果，满足人民群众对美好生活的新期待。具体来说，就是要努力做到全国已普遍实施的民生项目，我市要提高标准，达到或超过全国平均水平。比如，我市城区城乡居民低保标准已提高到每人每月370元，保持了全省领先水平，今后还要进一步提高补助标准；全国还没有普遍实施的，我市要加快推进，达到先进水平；全国还没有实施，但百姓迫切需要的，我市要积极探索，为率先实施创造条件。总的一句话，就是要让人民群众充分享受改革发展的成果，同沐民生财政的阳光。

二、力求民生保障机制更加健全

保障和改善民生，必须以完善的民生投入机制作保障。近几年来，随着财政实力的不断增强，我们通过调整优化支出结构，集中财力扩大民生财政保障的范围，提高民生财政保障的标准，逐步形成了涵盖教育、就业、社保、医疗卫生和保障性住房等方面的较为完善的民生财政保障机制，关注民生、重视民生、保障民生、改善民生已经成为新时期财政工作的主旋律。

民生事业永无止境，民生财政任重道远。当前和今后一段时期，我们将着力在巩固民生成果、促进民生持续改善上下功夫，健全有力的民生保障机制，推动民生事业不断迈上新台阶。一是做大财政蛋糕，夯实民生保障基础。改善民生，需要真金白银的投入。我们将始终坚持发展第一要务，发挥财政职能作用，支持转方式、调结构，促进经济又好又快发展，通过培植壮大财源，做大财政蛋糕，解决民生投入的资金问题。我们设想，未来五年，也就是到2017年，全市财政收入要实现"三个翻番"，即实现公共财政预算总收入、地方公共财政预算收入、公共财政预算支出在2012年的基础上翻一番。二是优化支出结构，提升民生保障能力。财政支出坚持"存量调结构，增量调方向"的原则，严格执行厉行节约的有关规定，大力压缩一般性支出和"三公"支出，集中更多的资金用于改善民生，提高民生支出在财政支出中的比重，确保民生支出的增幅高于公共财政预算支出的增幅。三是发挥引导作用，构建多元投入机制。民生事业无限，但财政资金有限，单纯依靠财政投入，还远远满足不了民生事业发展的需求。因此，要进一步完善财政资金投入的政策导向作用，鼓励引导社会各方面的力量参与基本公共服务供给，逐步形成政府主导、市场和社会充分参与的基本公共服务多元供给机制，通过政府与市场"两只手"，来共同推进民生改善的步伐。四是加强财政监管，提高民生资金使用绩效。公开是最好的监督办法，今后要建立多层次的民生支出公开机制，进一步增强财政民生支出的透明度和规范性，扩大民生支出的绩效评价范围，加大跟踪问效力度，健全民生工程的问责制度，切实提高民生资金的使用效益。

三、力求民生保障重点更加突出

保障和改善民生，关键是要解决好人民群众最关心、最直接、

第六章 楼台近水

最现实的利益问题。我市在重点解决好社保、低保、环保和就学、就业、就医"三保三就"等民生问题的基础上，积极探索实施了多项"亮点民生"工程，比如，投入1.85亿元，支持建成了全国示范的公共自行车租赁系统；投入6000万元，将城区627台公交车全部置换成环保电动车，并实行了"一元公交"财政补贴；在全省率先实施农田灌溉用水"政府埋单"，结束了农民交纳农田灌溉水费的历史；投入3000万元，支持新建和改造53家城区农贸市场；投入3000万元，全面完成城区中小学校塑胶跑道建设，等等。这些民生项目的投入，使广大老百姓真正得到了实惠。

从群众最难处突破，谋百姓最切身的利益。当前和今后一段时期，我们将更加重视解决人民群众最关心、最直接、最现实的利益问题，着重在"学有所教、劳有所得、病有所医、老有所养、困有所济、住有所居"方面加大投入力度，让人民群众生活得更加幸福、更加体面、更有尊严。在"学有所教"方面，我们继续加大对教育的投入力度，确保财政性教育经费增长高于经常性财政收入增长。进一步支持推进普惠性学前教育普及工程，加大向农村义务教育和职业教育倾斜的力度，提高家庭经济困难学生资助水平，努力支持办好人民满意的教育。在"劳有所得"方面，继续支持实施更加积极的就业政策，鼓励多渠道多形式就业。按照国家关于居民收入分配"两个提高""两个同步"的要求，积极研究调整居民收入分配制度，根据财力与实际可能，通过提高最低工资标准、提高机关和事业单位职工工资待遇等措施，实现"十二五"居民收入倍增目标。在"病有所医"方面，继续支持深化医药卫生体制改革，加快公立医院改革步伐；推进新农合与城镇居民医保的制度并轨，以及基本医疗保险与城乡医疗救助的制度衔接，提高重大疾病保障水平；进一步完善农村和社区卫生服务体系，实现"小病在卫生室、大病进医院"的目标，缓解群众看病难、看病贵的问题。在"老有所养"方面，继续扩大新型农村社会养老保险和城镇居民社会养老保险的参保率，全面建成覆盖全部城乡居民的社会养老保险体系；支持健全社会福利制度，大力发展养老事业，做好优抚安置工作。在"困有所济"方面，不断提高城乡低保标准，健全物价上涨临时价格补贴联动机制，完善以低保制度为核心的社会救助体系，切实保障困难群众基本生活。在"住有所居"方面，积极支持保障性安居工程建设，扩宽筹融资渠道，扩大住房保障范围，满足中低收入群体基本住房需求，逐步形成多层次、宽覆盖的住房保障体系，实现"住有所居"的目标。

此文发表于《新理财·湖南财政》（2012年第6期）

顺应形势发展　创新理财观念

市委、市政府紧扣"保二争一、科学跨越"战略目标，加快转变经济发展方式，积极推进"两型"社会建设，深入打好"三大战役"，全面建设"四个株洲"，开创了株洲科学发展的新局面。财政作为党和政府履行职能的物质基础、体制保障和政策手段，积极适应形势的发展变化，在服务全市发展大局中不断解放思想，树立和创新理财观念，全力促进又好又快发展。

一、树立发展理念，提升保障能力

经济决定财政，发展充实财力，财力保障发展。按照科学跨越发展的要求，我们提出要由"小财政"向"大财政"转变的发展理念，着力做大财政收入"蛋糕"，提升财政的保障实力和支撑能力。一方面，大力支持发展、培植财源，制定出台了支持推进"5115"工程、"五大产业集群"、园区发展等一系列财税扶持政策，发挥"四两拨千斤"的杠杆作用，推动产业结构优化升级，促进经济提质增效；另一方面，把组织财政收入作为头等大事来抓，严格规范收入管理，理顺征管体制，支持税务部门依法加强税收征管，规范非税收入征管，努力挖掘增收潜力，切实把经济发展的成果反映到财政增收上来。本届政府任期以来，全市财政总收

第六章 楼台近水

入由2007年的67.54亿元增加到2011年的175.36亿元,增长了1.6倍,年均增长27%,基本上每隔3年翻一番。继2009年全市财政总收入突破100亿元大关,成为全省第二个财政收入过百亿的市州后,2011年全市一般预算收入和税收收入又突破了百亿元大关,分别达到109.2亿元和123亿元。今年上半年,全市财政总收入又首次实现半年突破100亿元。预计今年全市财政总收入将登上200亿元的新台阶,也就是说,全市财政收入从100亿元跨上200亿元台阶,将只用3年的时间,从而顺利实现市委、市政府提出的在2009年的基础上"三年翻番"的目标。

二、树立责任理念,服务发展大局

以财辅政、服务大局是财政工作的职责所在。市委、市政府以战略思维和国际视野,提出了"五个敢于"的发展理念,做出了"三创五改""四创四化""三大战役"等重大决策。为了贯彻市委、市政府的决策部署,我们克服"财力有限、难有作为"的思想,冲破"量入为出、量财办事"的思维惯性,以敢于担当的勇气,提出财政工作要由"有多少钱办多少事"向"有多少事尽力筹多少钱"转变的责任理念,积极争资、融资、筹资,主动服务全市发展大局,较好地发挥了财政的职能作用。一是向上争资。按照"用活政策争资金"的要求,主动"跑部进厅",积极争取上级资金、政策和资源的支持。在市领导的带领下,我市成功争取到清水塘地区34.4平方千米土地整体变性税费减免政策;株洲电厂关停两台机组,争取到中央财政补助资金7000万元;争取成为全国节能与新能源汽车示范推广试点城市,累计获得中央财政补助资金达3亿元;向省里争取到我市城市基础设施配套费提标和开征城市绿化赔偿费、补偿费,有力地支持了城市规划展览馆的建设。此外,通过积极向上汇报争取,财政部从2009年起连续3年派干部到株洲挂职,给我市带来了机遇。二是支持融资。按照"敢于负债搞建设"的要求,支持推进投融资体制改革,通过为投融资公司注入资本金、从土地出让收入中安排资金、划拨城市资源等形式,促进投融资公司拓宽融资渠道，丰富融资手段，实现做大做强、自主经营、自求平衡，切实为重点项目建设多融资、融好资。三是多方筹资。自2008年以来，市财政共筹集新型工业化引导资金6亿余元，并从土地收益中安排资金27.6亿元，大力支持了园区建设、"5115"工程和新兴产业发展；筹集各类资金达23亿元，支持生态宜居城市建设，确保了"三创五改""四创四化"、城市提质等重大项目的顺利推进；抓住国家扩大内需政策机遇，支持交通、能源、水利等基础设施建设，进一步增强了发展后劲。

三、树立民生理念，促进社会和谐

为政之道，重在以人为本；理财之道，重在用之于民。按照以人为本、民生优先的要求，我们提出财政保障重点要由"保运转"向"保民生"转变的民生理念，不断调整优化财政支出结构，大幅度增加民生投入，做到"预算优先立项、追加优先安排、拨付优先到位"，努力确保了各项民生政策的落实。我市基本实现了城乡免费九年义务教育全覆盖、困难学生资助体系全覆盖、城乡低保制度全覆盖、城乡社会养老保险制度全覆盖、城镇医疗保险制度全覆盖、新型农村合作医疗制度全覆盖和就业服务体系全覆盖。据统计，2008年来，全市用于教育、"三农"、医疗卫生、社会保障等直接与民生相关的支出累计达到384亿元，占公共财政预算支出的比重达到70%。在认真贯彻各项惠民政策、积极落实配套资金的同时，我们积极为民生事业"主动埋单"，着力解决人民群众看得见、摸得着的民生实事。比如，从2008年起，我市农田灌溉水费全部由财政支付，在全省开了先河。2009—2011年，市财政3年内共投入6000万元，支持"公交电动化三年行动计划"，将城区627台燃油公交车全部置换为电动公交车，城区公交票价也全部由2元降至1元；从2009年起，市财政每年投入1000万元，改造了31个中小学校塑胶跑道；为彻底改变农贸市场脏乱差的状况，每年投入1000万元，改造了54个城区农贸市场。2011年，投入资金1.54亿元，支持建成公共自行车租赁系统。从2011年起，每年分别投入1000万元，用于食品农产品安全专项整治和蔬菜基地建设，努力让群众吃上安全放心食品。

四、树立服务理念，优化财政服务

财政工作的本质就是服务。按照"理财让公众放心、服务让社会满意"的宗旨，我们提出财政干部作风要由"被动落实"向"主动服务"转变的服务理念，尽职尽责地为社会公众搞好财政服务，不断提升了公共服务水平。一是不满足于传统的、被动式工作方式，而是在创新、创造性的工作上下功夫。积极推进了部门预算、国库集中支付、非税收入征管、政府采购、行政事业单位资产管理等各项改革，不断完善公共财政体系；绩效预算管理工作走在全省的前列，初步建立了事前绩效目标评审、事中跟踪监控和事后绩效评价的预算绩效管理机制；健全政府采购监管机制和财政投资评审机制，有效节约了财政资金；树立"财政大监督"理念，积极推进财政监督管理机制创新，基本实现财政运行的全程监管。二是不满足于被动式、常规性的服务，而是突出在主动性、前瞻性的服务上下功夫。树立"主动埋单"的理念，努力变"被动拿钱"为"主动埋单"，该支持的积极支持，该保障的努力保障。开展了"服务提质年""满意在财政、满意在岗位"等活动，深入服务对象征求意见，宣传财政工作，加强沟通交流，及时改进工作方法，做到超前服务、上门服务，争取得到服务对象的理解和支持。虽然财政实力不断增强，但是"资金有限而事业无限"，现有的财力还远远不能满足事业发展的需求。因此，对于一些单位提出的经费需求没有满足的，我们坚持做到"不能给钱，也要给足面子"，态度诚恳，耐心解释，做到不失原则，又讲了感情。三是不满足于不出问题，而是突出在全面提升队伍素质、团队形象上下功夫。2008年，我们提出了"争创全国文明单位、争做人民满意公仆"的目标，围绕这"双争"目标，我们推出了"以目标催生动力、以学习提升能力、以制度形成定力、以文化激发活力"的"四力"举措，努力打造一支作风优良、务实高效、充满激情和活力的财政团队，不仅确保了财政资金和财政干部"两个安全"，还使对外的认同度、知名度、美誉度不断提高。市财政局机关继2009年获了"全国精神文明建设先进单位"之后，2011年又被授予"全国文明单位"光荣称号，队伍建设经验在湖南省乃至全国财政系统重点推介。

此文发表于《新理财·湖南财政》（2012年第5期）

关于推进城镇化建设的几点思考

党的十八大报告指出，要加大统筹城乡发展力度，逐步缩小城乡差距，促进城乡共同繁荣，形成以工促农、以城带乡、工农互惠、城乡一体的新型工农、城乡关系。可见，城镇化建设是未来一段时期贯彻落实科学发展观、转变经济发展方式的战略抉择，是有效扩大国内需求、推动经济平稳健康发展的重大举措。我国城镇化进程快速推进，城镇化率不断提高，在促进区域协调发展、改善产业结构、转变经济发展方式等方面发挥了积极的作用，为城乡一体化发展奠定了良好基础。但在实际工作中，受资源要素、体制机制、经济结构、生活方式等多方面因素的影响和制约，城镇化建设仍然面临许多困难和问题亟待研究和解决。为此，本文就推进城镇化建设谈几点思考和建议。

一、深化土地制度改革，解决农民"有实力进镇"的问题

土地是农民最大的资产，是广大农民长期以来赖以生存的基本生产资料。一方面，农民通过对农村土地承包经营权的获得，使土地成为一种生产资料，通过合法经营可以获取收益；另一方面，农民通过拥有土地承包经营权，进而也获得了作为农民的合法身份，并获得相应的权益。但按照我国现行法律规定，农民对土地所享有的权益本质上只是一种身份权，而不是一种财产权。也就是说，农民作为土地的承包经营者，只享有对土地的经营权和使用权，而没有土地所有权，不能作为一项财产主张自己的权

利，只能通过特定条件下的资产经营获得收益，不能通过其他形式的财产处置从这块资产上获取利益的最大化。这种格局导致广大农民既想进城，而因自身没有实力又不敢进城，成为城镇化建设的一大"瓶颈"。要加快推进城镇建设和农民非农化进程，就必须深化土地制度改革，建立允许农村土地流转、出租、抵押的制度，使农民的土地能变为有价值的资产，进而获取进入城镇的"第一桶金"。一是在完善农村土地承包经营权的基础上，结合农业产业化和农业现代化的发展新趋势，大力推行农村土地流转制度，允许农民通过向经营大户或专业化的农业生产公司转让、出租土地承包经营权，使农民可以在不直接参与土地经营的同时，也能获得相应的土地收益。二是完善征地补偿机制，建立城乡统一的建设用地市场，实现农村集体土地与国有土地的"同地、同市、同价、同权"，使广大农民能够在土地使用权转让中获得与城市居民同等的补偿权利和相应收益。同时，要积极探索农村集体土地的流转经营模式，建立多元化的经营机制和利益补偿机制，如通过集体土地入股参与城镇开发等形式，使农民既可进城，又可在城镇化建设中获得稳定的收益，实现安居乐业。三是探索建立农民土地及房屋抵押质押信贷制度，解决农民拥有的主要资产不能成为金融机构抵押品而造成的融资难问题，使农民能够通过对资产的合理处置，获得扩大再生产的必要资金支持。四是建立进镇农民的住房保障体系，参照城市保障性住房建设的经验，探索通过允许农民宅基地置换优先享有住房保障待遇等政策，使农民能够比较体面地进镇，进而成为有实力参与城镇化建设的新居民。

深化土地制度的改革，无异于农民的又一次解放，必然让农民创造财富的激情充分涌流，让城镇化建设的活力竞相迸发。

二、加快户籍制度改革，解决农民"有身份进镇"的问题

改革开放的一大进步，就是允许农民离开土地，融入工业化、城镇化的大潮之中，但是城乡二元化的户籍制度，使农民进城后的身份问题无法解决，长期游离于城镇与农村之间。这种二元化的制度设计,使得广大农民即使生活在城镇,也无法扎根于城镇。"离乡"不"背井"的最大隐忧,就是同在一片蓝天下,却在感受不一样的"阳光",特别是在教育、医疗、社会保障等方面的明显身份差异,成为影响农村城镇化的主要障碍。因此,要加快推进城镇化,就必须着力解决农民"有身份进镇"的问题,从而体现公共服务均等化的要求,让公共财政的阳光真正普照城乡大地。一是加快户籍制度改革,建立城乡统一的户籍登记制度,放宽户籍限制,特别是小城镇的落户政策,打破农民变市民的户籍障碍,为农民迁入小城镇,发展二、三产业创造条件。二是积极推进社会保障体系城乡一体化建设,逐步建立农民与城镇居民衔接一致的教育、医疗、就业、低保等政府公共服务保障体系,使城乡居民能够同等地享受社会保障服务,有尊严地生活于城镇,并在城镇安居乐业。三是适应城镇化、工业化过程中对农民转移就业的特点和要求,大力开展有针对性的农村劳动力转移就业技能培训,使农民能够真正拥有一技之长,尽快实现在城镇就业。

加快户籍制度改革,推进城乡社会保障一体化,才能解决广大农民游离于城乡之间的问题,让他们在城镇安居乐业,共享改革发展成果,同沐公共财政阳光,真正拥有尊严和幸福感。

三、完善财税扶持政策,解决"有产业进镇"的问题

产业是城镇发展的支撑。城镇与产业的关系,就像躯干与血肉的关系。只有产业发展了,才能增强城镇发展的活力,吸引农民进镇并留在城镇。一些地方的城镇化建设之所以出现高速度推进与低水平发展并存的局面,一个重要的原因就是缺乏产业支撑,导致农村劳动力无法实现在城镇的转移就业,缺乏赖以生存的依附条件。因此,要加快推进城镇化,就必须完善财税扶持政策,引导和鼓励更多的社会资金、资源向小城镇聚集,支持城镇产业发展,形成工业化和城镇化良性互动的发展格局。一是制定优惠政策,吸引大中城市的中小企业转移到小城镇发展。抓住大中城市结构调整和产业转型的契机,积极引导部分规模适度、成长前

景好、产业技术相近、劳动密集型的中小企业流向中心镇及其周边工业园区，通过小城镇吸纳，帮助其做大做强。二是扶持"土生土长"的本地企业发展。利用税收地方留成、财政资金扶持等多种手段，培育壮大地方特色企业，使其成为对城镇发展具备竞争力和支撑力的特色产业。同时，还要研究完善小城镇第三产业的税收征管，加大第三产业在小城镇产业中的比重，解决更多的农村劳动力就业问题。三是整合土地利用政策，探索通过切块小城镇建设用地指标、允许农民宅基地置换小城镇建设用地、适度放宽小城镇非耕地建设用地报批等多种途径，支持小城镇的产业发展。

小城镇产业发展了，可以使农民"离土不离乡"，实现农村劳动力有序有效的转移，"空巢老人""留守儿童""春运民工潮"等一系列社会问题也就能够迎刃而解。

四、建立长效投入机制，解决"有资金建镇"的问题

处在农村与城市之间的小城镇，其建设发展过程中必然需要大量的资金投入。但长期以来，投入不足成为制约小城镇发展的重要因素。要破解小城镇发展的资金"瓶颈"，必须采取"多条腿走路"的办法，建立资金投入的长效机制。一是发挥财政资金的投入引导作用，加大对小城镇建设的财政转移支付力度，支持完善小城镇基础设施和公共服务设施。探索建立涉农资金整合使用机制，将分散在各部门的各类支农资金整合打包，集中投向小城镇建设。二是建立税收留存政策，对小城镇产生的地方税收留存部分实行一定比例的返还，激发当地政府发展小城镇的积极性。三是创新社会资本参与小城镇建设的体制机制，放宽资源的流动条件，对部分公共性基础设施项目可考虑适当引进民间资金参与建设，积极鼓励各类社会资本投向小城镇开发。四是创新要素管理方式，通过要素市场的资源和资本流动，促进资源资产化、资产资本化、资本证券化。同时，在小城镇建设用地报批、房屋产权登记税费等方面，要研究制定比大中城市更为优惠的政策措施，吸引各方面资金资源流向小城镇，为小城镇建设提供源源不断的资金活力。

解决了"有资金建镇"的问题，农民才能进得来、留得住，小城镇也才能够如雨后春笋般发展起来，成为推动我国城镇化进程的强大力量。

此文发表于《中国财政》（2013年第4期）

坚持群众路线　践行理财为民

群众路线是党的根本工作路线，是各项事业不断取得胜利的重要法宝。我们在财政工作的实践中，坚定地执行党的群众路线，密切联系群众，一切为了群众，紧紧依靠群众，较好地践行了理财为民的理念，得到了群众的认可与支持，推动了财政工作的顺利开展。

一、把密切联系群众作为一种常态

坚持党的群众路线，就要密切联系群众，保持与人民群众的血肉联系。只有倾听群众呼声，把握群众需求，了解群众疾苦，才能做到决策措施合实情、顺民意，更好地落实党的各项惠民政策。我们以转变工作作风、提高服务水平为主题，组织机关干部经常性地深入基层、深入群众、深入一线，让密切联系群众成为一种常态。

变"坐机关"为"走基层"。我们有相当一部分的干部都是从"家门"进"校门"，再入"机关门"的，对基层的情况并不是十分了解。针对这个情况，我们以局机关各党支部为单位，组织干部从机关走到基层去，把群众当"老师"，把基层当"课堂"，虚心向群众学习、请教，并从群众中汲取营养，提高自己，做好工作。"走基层"活动，使干部切身体验了基层工作的实际，倾听了基层群众的声音，感受了基层群众的冷暖，了解到了群众在想什么、盼什么，需要我们帮助解决什么，并从中受到了教育，懂得了如

第六章 楼台近水

何让公共财政的阳光照耀到真正需要照耀的地方,从而带着对群众的深厚感情去工作。

变"重说教"为"办实事"。不下基层是官僚主义,下基层不解决问题是形式主义。这些年,我们组织干部下农村、入社区、进企业,力所能及地为群众解决一些的实际问题。在农村,我们开展了"联一乡、促一村、帮一户"帮扶活动,共资助特困家庭40余户,为帮扶点争取筹措资金200余万元,修复和硬化公路20余公里,修复水利设施10余公里;在社区,开展了"走基层、大帮扶、献爱心"活动,局里的党员干部与共104户特困家庭建立了结对帮扶关系,送去干部自己捐赠的慰问金及物资折合约16.7万元,筹集资金30.6万元帮助解决了92户帮扶对象的就业、就学、就医和住房保障问题;在企业里,开展了"联系困难企业、联系困难职工"的"双联"活动,坚持每年为"双联"单位至少解决一个实际问题,每年的端午、中秋、春节都安排干部走访慰问,累计救助特困职工2000多人次,让职工群众切实感受到了党和政府的温暖。

变"背靠背"为"面对面"。预算单位是财政部门直接服务的对象。我们先后开展了"服务质量提升年""上机关、听意见、转作风"等活动,以"服务生"的姿态,上预算单位了解实情、听取意见,做到主动服务、上门服务、热情服务。几年里,我们对预算单位走访率达100%,通过实地、深入了解情况,帮助预算单位解决了上百个困难和问题。一个单位的负责人对此形象地说道:"没想到'财神爷'也会主动找上门来。"

二、把一切为了群众作为一种责任

坚持党的群众路线,就要一切为了群众,始终把实现好、维护好、发展好最广大人民根本利益作为一切工作的出发点和落脚点。财政部门承担着为经济社会发展提供财力支撑的重要使命,顺应群众意愿,回应群众关切,满足群众需求,是财政工作义不容辞的责任。牢记使命与责任。我们坚持把保障和改善民生放在更加突出的位置。

彰显民生财政理念。在市委、市政府"民生优先"战略的指引下，我们牢固树立"财为民所理、财为民所用"的思想。在分配理念上，提出财政保障重点要由"保运转"向"保民生"转变；在具体操作上，旗帜鲜明地提出"三个优先"原则，即对于民生资金，坚持"预算优先立项、追加优先安排、拨付优先到位"。2012年，全市直接用于民生的财政支出达到152亿元，是2007年的3.3倍。5年累计民生支出达540余亿元，占公共财政预算支出比重近70%。

健全民生保障机制。一直以来，由于工作性质的关系和财力紧张的原因，财政部门在安排支出时总是"锱铢必较"。但是，对于市委、市政府部署的民生工作，无论是出台新的民生政策、提高民生保障标准还是建设新的民生工程，财政从没有过犹豫，都是毫不吝啬地支持。通过调整优化支出结构，并把新增财力向民生领域倾斜，这几年民生财政保障机制越来越健全，保障范围越来越宽，保障标准越来越高。比如，我市在全省率先实施农田灌溉用水"政府埋单"，市县两级财政累计投入超过了1亿元；支持在全市铺开了新型农村社会养老保险和城镇居民社会养老保险试点，在制度安排上实现"全民养老保险"；将城区城乡居民低保标准由2007年的每人每月240元提高到2013年的400元，始终保持全省领先水平；新型农村合作医疗、城镇居民医保人均财政补助标准也由2007年的80元提高到2012年的240元。

打造民生保障亮点。现阶段，有限的财力还远远满足不了经济社会发展的需求，"资金有限，事业无限"的矛盾始终困扰着我们。但为了把群众的事情办好，我们提出"有心、有钱、有办法"，那就是只要市委、市政府要求要办的民生实事，只要是群众急需要解决的问题，财政总能想方设法确保资金到位，努力使公共财政最大限度地惠及广大群众。比如，投入3000万元全面完成了城区中小学塑胶运动场改造，给了孩子们一个清洁安全的运动场所；为彻底改变农贸市场脏乱差的状况，分3年共投入3000万元，提质改造了54个城区农贸市场；分3年共投入3000万元，支持了城镇标准蔬菜基地建设，让群众吃上放心的蔬菜；分3年共投入6000万元，支持"公交电动化三年行动计划"，将城区627台燃油公交车全部置换为电动公交车；投入3.7亿元，实行"一元公交"财政补贴，城区公交票价也全部由2元降至1元；投入1.85亿元，支持公共自行车租赁系统建设和运营维护；等等。这些"亮点民生"的投入，使广大群众真正得到了实惠。

三、把紧紧依靠群众作为一种力量

坚持党的群众路线，就要紧紧依靠群众，从人民群众的伟大实践中汲取智慧和力量。我们牢固确立人民群众的主体地位，深入基层、深入群众，自觉贯彻群众路线，使财政工作获得了广泛的群众基础和力量源泉。

理财观念得以创新。通过贯彻群众路线，我们从群众中汲取了智慧，开阔了视野，思维方式也发生大的变化，能够跳出财政看财政，把财政工作融入全局中来思考、定位、把握，创造性地开展工作。这几年，为了顺应形势发展的需要，我们不断创新理财观念，以敢于担当的勇气，提出了一系列新的理财理念，并付诸实践。比如，财政工作要由"有多少钱办多少事"向"有多少事尽力筹多少钱"转变，财政保障重点要由"保运转"向"保民生"转变，财政支出管理要由"重分配"向"重绩效"转变，等等。这些观念的创新，初步探索出了一条新时期财政工作的新路子。

干部作风得以转变。通过贯彻群众路线，我们从群众中了解了民情、收获了感悟，干部的宗旨意识、公仆意识、服务意识、廉政意识得到进一步增强，工作作风实现了由"被动落实"向"主动服务"的转变，"理财让公众放心，服务让社会满意"这一理念正日益成为干部的自觉行动。2011年，我局获得了"全国文明单位"光荣称号。

团队形象得以提升。通过贯彻群众路线，我们从群众中赢得了口碑、得到了认可。这些年的政绩考核、行风评议和社会公众满意度调查，我局都是名列前茅。在城市创建和长效管理工作政绩考核社会评议中，我局连续两年位列市直机关单位第一名。能够取得这些成绩，并不仅是我们自己的工作做得如何好，而是我们通过深入基层、深入群众，拉近了与老百姓的距离，人民群众在理解的基础上给了我们更多的支持和认可。金杯银杯不如老百姓的口碑，社会认可、群众满意是我们收获的最大的"红利"。

贯彻党的群众路线，只有起点，没有终点。党的十八大部署的在全党深入开展以为民务实清廉为主要内容的党的群众路线教育实践活动即将启动，我们将以此为契机，不断深化认识、深化实践，进一步做好总结、完善、提高的工作，努力把党的群众路线更加深入地贯彻到财政工作的各个方面，不辜负群众的信任与支持。

此文发表于《中国财政》（2013年第21期）

推进财政工作转型升级的理性思考

党的十八届三中全会提出了"财政是国家治理的基础和重要支柱"的重要论断，同时提出要建立现代财政制度，这为深化财税体制改革指明了方向，也对财政工作提出了新的更高要求。面对新的形势和任务，财政工作必须把创新观念放在更加突出的位置，继续解放思想，全面深化改革，加快财政工作转型升级，更好地服务经济社会发展大局。结合株洲市的实际，笔者认为，加快财政转型升级，应致力转变七大观念：

一、财政收入组织要由"重总量"向"重质量"转变，不断提高财政收入质量，努力打造实力财政

财政收入是衡量一个地方经济发展水平的重要标志。"十一五"以来，株洲市财政收入实现了较长周期的高速增长，尤其是近几年，收入总量连续跨越100亿元、200亿元新台阶，基本实现了每3年翻一番。但是，财政收入高幅增长对非税收入的依赖度较高，

第六章　楼台近水

导致税收收入占财政收入的比重下降，不利于财政收入的可持续增长。当前和今后一个时期，随着经济增速趋缓、国家加大结构性减税力度及加强征管增收空间缩小，我市财政收入已告别高速增长时代，进入平稳增长的全面调整期。财政工作必须主动适应发展变化的新形势，按照"三量齐升""转型升级"的战略思想，既要保持收入平稳增长，更要注重在增长中提高收入质量，不断做大有质有量的收入盘子，努力实现财政收入"稳速提质"。一方面，进一步发挥财政促进经济发展的职能作用，大力支持产业转型升级，培植壮大工业主体财源，加快发展现代服务业等新兴财源，形成稳定持续的财源基础；另一方面，按照"改进年度预算控制方式"的要求，将财政收入目标从约束性任务转向预期性，坚持依法征收、应收尽收，不断提高税收收入占财政收入的比重，促进财政收入可持续增长。

二、财政保障重点要由"保运转"向"保民生"转变，不断提升民生保障水平，努力打造民生财政

改善民生是改革发展的根本目标。按照以人为本、构建和谐社会的要求，财政部门积极优化财政支出结构，民生支出做到了"预算优先立项、追加优先安排、拨付优先到位"，促进了民生福祉的大改善。但是，保障和改善民生是一项长期工作，不可能一蹴而就、一劳永逸，随着经济水平的不断提高，不断满足人民群众日益增长的民生需求，始终是我们永远追求和不懈努力的方向。下阶段，财政民生工作要按照"守住底线、突出重点、完善制度、引导舆论"的原则，更加注重调整和优化财政支出结构，继续压缩各类行政性支出，健全厉行节约反对浪费的长效机制，将更多的资金投向就业、基础教育、医疗卫生、社会保障等社会薄弱环节，解决群众最迫切、最需要解决的民生问题，进一步推动财政保障重点由"保运转"向"保民生"转变。同时，按照"经济发展和民生改善良性循环"的要求，坚持改善民生与经济社会发展阶段和水平相适应，做到既尽力而为，又量力而行；既尽力解决当前

必须解决和能够解决的民生问题，又充分考虑各方面的条件和财政承受能力，确保民生保障的可持续性。

三、财政资金使用要由"重分配"向"重绩效"转变，不断提高资金使用效益，努力打造绩效财政

把有限的财政资金管好用好，发挥最大效益，是财政工作的职责所在。多年来，通过完善和细化财政资金管理制度，综合运用监督检查、政府采购、绩效评价、投资评审等监管手段，财政资金运行不断规范，使用效益不断提高。但是，资金使用中"重分配、轻管理，重投入、轻绩效"的问题仍未得到根本解决，资金低效使用、损失浪费的现象还不同程度地存在。下阶段，随着财政部门依法理财、民主理财意识的提高，以及人大、审计和社会监督的加强，提高财政资金使用绩效将逐渐成为财政管理的重点和中心。财政工作必须要在"分好钱"的基础上，更加注重"管好钱、用好钱"，实现由注重资金分配管理向注重使用效果管理的转变，着力打造绩效财政。一是健全和完善预算绩效管理体系。争取经过三五年时间，将预算绩效管理覆盖全部财政性资金，贯穿预算编制、执行、监督的全部过程。二是加大专项资金规范整合力度。财政部门内部各职能机构应加强工作衔接，对用途和扶持对象相近的专款统筹安排，对上级专款和本级资金捆绑使用，集中投向经济社会发展的关键领域，提高政府财力综合运筹能力，努力提高财政资源配置效率和资金使用效益。三是加强财政绩效监督。完善财政监督联动机制和信息共享机制，实现由注重事后监督检查向注重事前、事中、事后监督检查和全天候日常监控、全流程监督转变，确保财政资金规范分配、安全运行、高效使用。

四、财政理财方式要由"人治"向"法治"转变，不断提高依法理财水平，努力打造法治财政

推进依法行政、依法理财，是完善公共财政体系、提高财政管理水平的内在要求。经过多年的实践，财政工作建立完善了一整套行之有效的管理制度，财政管理的制度化、规范化水平不断

第六章 楼台近水

提高。但是，对照"依法、依规、依程序"的要求，财政干部的法治意识、依法理财观念还有待增强。财政收支规模越来越大，公共财政涉及面越来越广，社会各界对财政监督的意识越来越强，对财政干部进一步提高依法行政依法理财的能力和水平，提出了新的更高要求。要围绕打造法治财政的目标，坚持以法律制度为基础，以规范运作为要求，以公平正义为准则，加快依法行政依法理财制度建设，不断完善预算管理、收入征管、资金分配、财政监督、债务管理等制度体系，夯实法治财政的制度基础。要强化制度的执行，严格用制度管人管事管财，健全权力监督约束机制，把权力关进制度的"笼子"里，最大限度地减少财政行为的随意性和自由裁量权，切实做到依法、依规、依程序。

五、财政保障范围要由"无限化"向"有限化"转变，不断厘清财政支出责任，努力打造理性财政

服务经济社会发展是财政的根本职能。随着财政收支规模的不断扩大，财政保障水平得到明显提升，有力地促进了经济社会发展。但是，由于当前正处在经济转型、社会转轨的特殊时期，财政也被赋予了越来越多的职责，财政支出的范围不断拓展，财政支出责任事实上形成了"无限化"的趋势，加剧了财政收支矛盾和运行风险。因此，不断改革和理顺财政保障的体制机制，建立"有限支出责任"下的理性财政，就成为当务之急。一方面，要切实增强市场经济意识，进一步从计划经济的思维定式中解放出来，正确处理好政府、市场和社会的关系。经济领域应更多地发挥市场配置资源的决定性作用，财政通过政策和资金来发挥引导性作用；社会领域应更好地发挥社会力量在管理社会事务中的作用，通过财税政策扶持和培育社会组织发展，并采取政府购买公共服务的方式，将公共服务的提供方式社会化，加快形成改善公共服务的合力。另一方面，要科学界定财政支出责任，建立健全财力与事权相匹配、保障标准与现阶段经济社会发展水平相适应的体制机制，将预算编制和审核的重点由收支平衡向支出预算和政策拓展，确保财政可持续发展。

六、财政监督机制要由"自我监督"向"社会监督"转变，不断提高财政行为公信力，努力打造透明财政

公开透明的财政制度是民主政治制度的基础和保障。我们积极构建财政内部监督机制，全面推进"权力搜索、监督定位、流程规范"，并借助审计监督，加强对审计出来的问题的落实整改，不断规范了财政行为，确保了财政资金和财政干部"两个安全"。但财政运行仍然相对封闭，面对社会接受监督的透明度不高，而且财政对外宣传的力度也不够，容易使群众产生误解。财政工作要进一步树立接受监督的意识，立足于建立全面规范、公开透明的预算制度，加强政府全口径预算管理，稳步推进财政预决算公开，主动接受社会监督，构筑财政部门与社会公众的互动机制，促进财政管理水平的不断提高。特别是对涉及群众切身利益的财政政策和资金，尽可能做到政策标准、资金安排和使用绩效全过程公开，切实让老百姓清清楚楚知道花了多少钱，办了什么事，不断提高财政行为公信力，取得广大人民群众的理解与支持。

七、财政干部作风要由"过得去"向"过得硬"转变，不断提高财政队伍形象，努力打造满意财政

过硬的干部作风是推动工作落实、提升队伍形象的重要保障。财政保障任务日趋艰巨，财政部门服务经济社会发展的责任加重，客观上对财政干部作风的要求越来越高。因此，建设一支"讲政治、顾大局、勇担当、重廉洁"的财政干部队伍，是财政部门面临的紧迫任务。要以深入开展党的群众路线教育实践活动为契机，以"提升文明机关形象，争做人民满意公仆"为目标，切实加强干部作风建设，力戒形式主义、官僚主义、享乐主义和奢靡之风，整治"庸、懒、散、慢、浮"等不良习气，促进机关作风大转变、工作效能大提速、服务水平大提高、财政形象大提升，努力建设真正让群众满意的财政机关。

此文发表于《中国财政》（2014年第6期）

第六章 楼台近水

以"四力"举措强队伍树形象

机关党的建设和队伍建设是推动事业发展的重要保障。株洲市财政局紧紧围绕党委、政府工作大局,积极探索新形势下深化党建工作和加强队伍建设的新路子,提出并践行"四力"举措,着力建一流队伍、树一流形象,取得了一定的成效。"四力"举措的具体内容是:

一、定目标,以目标催生动力

目标是前行的动力。一个能统一思想意志、催生强大动力的奋斗目标,是造就一个优秀团队的根本所在。经过多年的努力,到2008年,株洲市财政局已先后荣获了"株洲市文明单位""湖南省文明单位""全国财政系统先进集体"等一系列荣誉称号。在这样的高起点上,今后的路怎么走、"旗帜"怎么打、队伍怎么带?这是个现实的问题,也是一个严肃的课题。通过一段时间的思考,并集体讨论后,局党组果断而又响亮地提出了"争创全国文明单位,争做人民满意公仆"这一"双争"奋斗目标。后来,结合"创先争优"活动,又进一步确立了"个人争优秀、班子争先进、团队争一流"这三个层次的具体目标。个人争优秀,就是把"精于理财,严于律己"作为干部的行动指南,推动干部作风由"过得去"向"过得硬"转变,工作方法由"被动落实"向"主动服务"转变,努力打造一支科学、高效、廉洁的财政干部队伍。班子争先进,就是始终注重加强班子自身建设,在班子内部营造一个顾全大局、团结进取、互相尊重、互相补台的工作氛围,努力成为一个非常团结和有战斗力的领导集体。团队争一流,就是坚持以更高的标准提升形象,以更严的要求规范管理,以更新的举措锤炼团队,以更活的形式凝聚人心,努力造就一个想干事、永葆激情的光荣团队。

正是这些目标的指引,催生了全局上下无穷的动力,推动团队建设不断取得新的成绩。我局于2009年被评为"全国精神文明建设工作先进单位"，2011年荣获"全国文明单位"光荣称号。

二、抓学习，以学习提升能力

学习是进步的阶梯。良好的学风，不仅有助于提升干部的素质与能力，更是一个团队既定目标能否顺利实现的基础。我们坚持"教育转变观念，培训提升能力"的理念，在学风建设上采取了促学三举措、奖学三办法。（一）促学三举措。就是在促进干部学习、提升团队素质方面，主要采取了三大举措：一是"送出去"。分期分批组织干部到高校进行短期培训。尤其是选送干部到清华大学、北京大学、湖南大学等名校"充电"。二是"请进来"。不定期外请专家教授来株洲授课。相继邀请了中央党校、北京大学、清华大学等院校的专家名师，来株洲举办经济、法律、财政业务等专题讲座。三是"比起来"。定期安排业务考试、业务讲坛、业务赛账等竞赛活动，形成了"以比促学、学用结合"的良好氛围。（二）奖学三办法。就是把学习作为干部"最好的福利"，采取三种办法奖励学习：一是提拔使用。把学习作为干部提拔使用的重要依据，对评为"业务标兵""学习型标兵"的干部，提拔安排到适当的岗位上。二是安排深造。谁学得好，就把谁送到高等学府去深造，接受名师名校的培训，开阔眼界。三是外出考察。对学习竞赛中成绩优秀的干部，提供外出学习考察的机会。

通过促学三举措、奖学三办法，全局干部掀起了讲学习、强素质、争一流、当标兵的浓厚氛围，干部的学历层次、专业技能和理财水平得到了整体提高。全局有90%以上的干部具有大学学历，60%以上的干部取得了中级以上专业技术资格。2010年，我局被评为株洲市"模范学习型党组织"和株洲市"书香机关"；2012年，被评为湖南省第三届"三湘读书月"十佳书香机关。

三、建制度，以制度形成定力

制度是规范的前提。制度的刚性约束，能让干部形成扎实干事、干净干事的定力，也就是对物欲的克制力。我们按照"依法、依规、依程序"和"财政工作讲规律、内部管理讲规矩、廉政自律讲规定"

的要求，着力加强制度建设，并强化制度的执行，不断规范了机关内部管理和干部理财行为。一是建立健全了涵盖预算管理、资金管理、内部管理、廉政管理等方面100多项规章制度，基本上做到了工作延伸到哪里、管理制度就建立到哪里，使制度成为干部工作的指南。二是全面开展"权力搜索、监督定位、流程规范"工作，让权力放在阳光下，监督落到节点上，严格控制自由裁量权，防止"随意用权""暗箱操作"问题的发生。三是切实加强廉政建设。将每年的4月21日确定为株洲财政的"廉政教育日"（1952年4月21日，由毛泽东同志签署命令公布施行新中国第一部系统反贪法律文件《中华人民共和国惩治贪污条例》），举办廉政教育"八个一"活动（如一次廉政建设分析会、一堂专题讲座、一封廉政公开信、一次警示教育等），做到廉政教育常抓不懈。

建章立制有效规范了干部行为，增强了干部谨慎用权的"定力"，进一步确保了财政资金和财政干部"两个安全"，使制度不仅是"紧箍咒"，更是"护身符"。财政部门的社会认可度也得到了稳步提升，在全市政绩考核、政风行风满意度测评中，我局均名列前茅。

四、重文化，以文化激发活力

文化是活力的源泉。"国民之魂，文以化之；国家之神，文以铸之。"文化理当成为一个机关的灵魂、一个团队的导向。只有把文化的理念渗透到每一个团队成员的心田，才能凝聚力量、激发潜能、迸发活力，进而铸造一个生机勃勃的优秀团队。在机关文化建设方面，我们主要抓了以下工作：一是提炼财政文化理念。组织干部开展了财政机关工作理念大讨论，共同提炼出了"激情成就梦想，奉献体现价值"的机关精神，"理财让公众放心，服务让社会满意"的工作理念，"激情工作,快乐生活"的人生理念,"精于理财，严于律己"的职业准则。同时，开展"格言警句上墙"活动，每个科室（单位）都有一条以上符合自身工作性质的格言警句。这些文化理念的提出，给全局干部点亮了一盏盏指路的"明灯"。

二是打造财政文化精品。比如，建立了株洲财政展示室，记录了60年多来株洲财政的发展历程；创办了《株洲财经天地》刊物，作为宣传财政政策、交流财政工作、展示财政文化的一个平台；由机关干部自编自写，出版了《静水激流——株洲财政机关文化建设纪实》《若水情怀》这两本书，充分展示了株洲财政人的所思所想、所作所为，产生了一定的社会影响。三是建设财政行为文化。我们注重把文化建设融入各种主题教育活动之中。在农村，开展了"联一乡、促一村、帮一户"的"三个一"帮扶活动；在社区，开展了"走基层、大帮扶、献爱心"活动；在企业，开展了"双联"等活动；在预算单位，开展了"进机关、听意见、转作风"等活动。这些活动的开展，使干部切身体验了基层工作的实际，知道了服务对象在想什么、盼什么，需要我们帮助解决什么，并从中受到了教育，懂得了如何让公共财政的阳光照耀到真正需要的地方。同时，积极开展"春晚"、"和谐大家庭"晚会、书画摄影比赛、趣味运动会等丰富多彩的文体活动，让干部在欢快愉悦的气氛中放松身心，陶冶情操，增进团结。

  文化的作用是神奇的，魅力是无穷的。文化建设，培养了干部健康向上的生活情趣和积极乐观的生活态度，真正达到了使干部激情工作、快乐生活的目的。更为重要的是，使财政干部产生了强烈的荣誉感和自豪感，用自己的实际行动去维护财政荣誉和形象，从而推动了株洲财政事业持续健康发展。

  此文发表于湖南省《机关党建》（2014年第11期）

第二节　团队同心协力

  成就一番事业，靠的是团队的力量。我经历过十几个工作岗位，主政的单位大小也有七八个，在领导机关接触和了解的面则更广。我觉得株洲财政团队，是素质全面、有战斗力的一个团队。正是因此，才让我有机会率领大家充分展示了株洲财政的风采。

第六章 楼台近水

初来乍到财政时，大家对我能否率领财政团队一如既往地完成使命，是有些担心的。正如一位老财政人所说，对谭局长的了解与认识，是经历了三个阶段：怀疑—认可—佩服。一位财政局老领导甚至写信给我说："你主政财政这一时期，是财政最辉煌的时期"。总之，各种赞誉都有。对此，我能冷静正确地看待这一切。我深知一个团队要齐心协力干出一番事业，需要怎样用心用情来引导大家，用自己率先垂范的人格魅力影响大家。我也深知"人上一百，形形色色"的道理。试想，一个团队哪能没有不和谐的声音？哪能没有不同意见？果真能有"一条心"，为何我会在大会上讲出"让正义的旗帜高高飘扬，让和谐的理念深入人心"之说呢？如果说我们财政团队能做到齐心协力和充满活力，有什么成功的秘诀的话，那就是我们能通过沟通交流，较好地解决存在的分歧和问题，让大家心齐气顺、心情舒畅地工作和生活。这里，我把局里几次较大的凝心聚力、建和谐团队的讲话呈上，请读者点评。

争创全国文明单位，争做人民满意公仆
——在全局创建"全国文明单位"动员大会上的讲话
（2011年3月21日）

这次会议的主要任务是：动员全局上下统一思想，明确责任，迅速行动起来，全力以赴做好创建全国文明单位的各项工作。下面，我讲三点意见：

一、统一思想，提高认识，坚定争创全国文明单位的信心

"全国文明单位"是全国性的最高荣誉，是一个单位综合实力、整体形象的集中体现，更是一个团队锐意进取、创先争优的崇高追求。我们要以志在必得的精神创建全国文明单位。

（一）创建文明单位的必要性。就是为什么要创全国文明单位？第一，市委有号召。我市正如火如荼推进全国文明城市创建工作，在2月24日召开的创"全国文明城市"动员大会上，君文

书记指出，全市上下要以更大的决心、更强的意志、更硬的措施，全力以赴争创全国文明城市。我们提出争创全国文明单位，并为之而不懈努力，就是响应市委号召的具体行动。第二，形势有要求。争创全国文明单位是2008年提出来的，当时，我刚任局长，在了解情况后，我们响亮地提出了这个奋斗目标。当前，随着财政收支规模的不断扩大，市委、市政府对财政工作越来越重视，社会各界对我们的期望值也越来越高，我们这支队伍的素质高低、服务水平的优劣、自身形象的好坏，将直接影响到能否最大限度地赢得社会各界对我们工作的信任和支持。同时，在"十二五"新的历史起点上，市委、市政府对财政工作提出了新的更高要求，要求我们认清新形势，适应新要求，开创新局面。这些都需要我们进一步加强自身建设，内强素质、外树形象，确保各项工作走在前列，落在实处，切实为市委、市政府理好财，为人民群众服好务。第三，干部有愿望。多年来，我们始终坚持物质文明与精神文明两手抓，深入开展了一系列文明创建活动，全局干部的集体荣誉感、责任感进一步增强，开创了抓工作一股劲、干事业一条心的良好局面，创建工作已经根植于我们这个团队，成为每一个财政人的愿望。因此，争创工作也是为了顺应大家的强烈愿望。

（二）创建文明单位的可行性。就是我们能不能夺取这个荣誉称号？回答是肯定的。多年来的创建工作，为今年冲刺打下了良好的基础，我们至少有以下三个优势：一是硬件条件优越。前不久，静娟、德贵同志带队到云南省曲靖市财政局进行了实地考察。曲靖地处西部经济欠发达地区，从曲靖市财政局的办公条件来看，可以说还停留在我们20世纪90年代的水平，办公用房陈旧、分散、拥挤，普遍是三四个人挤在一间小办公室办公。但是，就这样一个硬件条件相对困难的机关，已经连续两次跻身全国文明单位的行列。相比曲靖市财政局而言，我们的办公条件是比较好的。二是创建基础优良。通过大家的共同努力，财政工作一年一个新台阶，财政收入在2009年成功突破百亿元的基础上，2010

第六章 楼台近水

年再次实现总量、质量双丰收。到 2010 年，我局已连续 5 年被评为全市政绩考核一等单位，并先后获得"湖南省文明单位""全国财政系统先进集体""全国精神文明建设先进单位"等荣誉称号。这些，都为我们争创"全国文明单位"打下了良好的基础。此外，这次全省财政系统只有我局申报创建全国文明单位，可以说也是我们一次难得的机遇。三是财政团队优秀。在 3 月 3 日召开的全市财政工作会议上，君文书记做出重要批示："实践证明，我市财政系统干部队伍是一支讲大局、业务精、能干事、干成事的队伍。"这是对我们的充分肯定。无数事实也证明，我们财政这个团队，也是没有做不好的事，只有想不到的事。因此，只要我们统一思想认识，心往一处想，劲往一处使，咬定目标，奋力争取，我们的目标一定能够实现。

二、明确任务，强化措施，努力把创建工作落到实处

争创全国文明单位，是一件前所未有的好事，也是一件具有重要现实意义和深远社会影响的大好事。创建工作内容多、牵涉面广、实践性强，是一项复杂的系统工程。今年 6 月，上级将对我局文明创建工作进行检查验收。我们的创建工作筹备时间仅有 3 个月，时间紧，任务重，要求高，压力大。对此，全局上下要迅速行动起来，抓紧筹备，强化措施，全身心地投入创建工作中去，确保创建工作一举成功。

（一）明确创建条件。全国文明单位评选条件主要包括以下六个方面：

一是组织领导有力，创建工作扎实。要求将创建活动摆上重要议事日程，发动群众广泛参与创建活动，有明确的特色创建理念；领导班子团结协作，作风民主，开拓创新，群众信任，在创建活动中发挥模范带头作用；积极参与文明城区创建工作，开展军民共建、拥军优属活动，热心支持社会公益事业。

二是思想教育深入，道德风尚良好。要求切实加强思想道德建设，干部职工树立正确的理想信念和世界观、人生观、价值观；

认真贯彻落实《公民道德建设实施纲要》，"二十字"公民基本道德规范人人皆知，人人皆行，树立良好的职业道德、社会公德和家庭美德；单位风气好，人际关系和谐。

三是学习风气浓厚，文体卫生先进。要求有计划组织科学文化知识和业务技能培训；开展青年文明号、巾帼文明岗和党员先锋岗创建活动，开展文明科室、文明职工、文明家庭等评选活动；坚持开展群众性文体活动，职工精神文化生活丰富多彩、健康向上；扎实地做好人口与计划生育工作，计划生育率100%。

四是加强民主管理，严格遵纪守法。要求健全民主管理制度，落实政务公开等公开办事制度；单位内部治安状况良好，工作纪律严明；干部职工无违法违纪案件及刑事案件，无"黄赌毒"等丑恶现象，无邪教活动。

五是内外环境优美，环保工作达标。要求内务管理规范有序，内外环境清洁整齐，无脏、乱、差现象；创建资源节约型单位和环境友好型单位，环保措施落实，环保知识普及，干部群众环保意识强。

六是业务水平领先，工作成绩显著。要求机关廉洁高效、办事公道、依法行政，重大决策民主公开，群众满意率高，业务工作处于同行业领先水平。

（二）突出创建重点。结合我局实际，要突出以下工作重点：

一是抓教育。文明单位创建工作归根到底要靠人来抓。人的素质状况如何，直接关系到创建工作的成效。要以创建文明单位为契机，开展职业道德、社会公德、家庭美德、个人品德教育，不断提高全局干部的思想道德素质。要抓好《公民道德建设实施纲要》宣传教育，大力倡导"爱国守法、明礼诚信、团结友善、勤俭自强、敬业奉献"这20个字的公民基本道德规范，使之成为全局干部职工的行为规范。

二是抓服务。要立足发展大局，深入开展"服务提质年"活动，规范行政行为，加强与服务单位的沟通联系，寻求各项便民利民

第六章 楼台近水

措施，不断找到新的切入点，进一步提高服务质量和服务效率，以实际行动树立财政机关良好的社会形象。

三是抓载体。创建全国文明单位是一项综合性、全局性工作，需要形式多样的各种载体做支撑，从而推进活动的有效开展。要全面落实"六个一"创建活动要求，即开展一次有声势、有规模、有实效的文明创建宣传教育活动；开展一系列环境整治和环境优化活动；建立完善一套文明服务制度；营造一个良好的文明创建舆论氛围；开展一次文明科室、文明家庭等评比表彰活动；开展一系列社会公益活动等，提高干部职工和家属们的参与意识和创建热情。同时，要结合建党90周年和建市60周年等庆典活动，推出一系列大家喜闻乐见的活动，形成文明创建的"株洲做法"和"财政特色"。要通过这些活动的开展，切实提高干部职工道德素质和业务素质，增强精神文明建设的实效。

四是抓环境。环境面貌是对一个单位文明程度的直观反映。在创建文明单位活动中，要把环境建设作为一项重要内容来抓，加强机关硬件建设，进一步完善教育、文体等活动场所，不断改善办公生活条件和环境。要加强局机关、庭院的卫生管理工作，保持单位环境整洁，真正做到建设规范、管理到位、不留死角。

五是抓规范。要对照全国文明单位的条件和标准，对本单位的各项规章制度进行认真修订和完善。不但要健全各项管理制度，而且还要制定和完善创建文明单位的创建规划和创建方案、职工行为规范和行为准则，让大家自觉地参与到创建活动中来。

六是抓宣传。单位形象的塑造和宣传，也是创建工作中的一个重要内容。要结合建党90周年、建市60周年及株洲财政成立60周年，利用一切可以利用的宣传手段，积极做好财政宣传工作，做到报纸有字、广播有声、电视有影，切实提高我局在社会上的知名度、认知度和美誉度。

（三）强化创建措施。为确保这次创建活动扎实开展并取得成效，我再强调以下几点：

一要落实责任，齐抓共管。只有层层落实责任，脚踏实地全力推进，创建工作才能成功。经研究，局里专门成立了创建工作领导小组，由我任组长，静娟、德贵同志任副组长，其他副处级领导为领导小组成员。领导小组下设办公室，以及综合组、资料组、硬件设施组、环境美化组、宣传组和文体活动组六个专项工作小组。这次我们创建领导小组把各位副处级领导都纳入进去了，相关局领导是专项工作小组的分管领导，大家都有自己的一份责任，要切实担负起责任，共同抓好创建工作。创建办要根据局党组统一安排，紧扣标准，精心组织，科学制订方案，做到层层有指标，人人有压力，确保创建工作有序推进。各科室主要负责人为各科室创建工作的第一责任人，要按照创建工作任务分解，认真履行职责，带领科室人员切实完成各项创建任务。各个工作组、机关各科室之间要顾全大局，主动协调、密切配合，把创建工作落到实处，切不可推诿扯皮、贻误工作。我曾多次提到，争创全国文明单位是势在必行，志在必得，今天我还要强调的是，按照职责分工，任何人都不能拖全局的后腿，若因为主观工作的失职或失误，而导致我局创建工作受到影响，无论是谁，都要从严追究责任。

二要提高认识，全员参与。局党组提出创建"全国文明单位"这个目标，绝不只是为了拿一块牌子，而是要通过创建，真正使得我们的制度建设更全、机关作风更硬、行政效率更高、服务水平更优、队伍素质更强、财政形象更好。因此，全局广大干部要充分认识创建工作的重要性、必要性，把创建过程作为提升自我的重要途径和手段，以高度的集体荣誉感，积极投身于文明创建工作中，做到人人参与、人人有责，自觉为争创全国文明单位做贡献、添光彩。

三要夯实基础，规范管理。抓好创建工作，首先要从基础工作抓起，从当前工作的薄弱环节抓起。在健全规章制度，落实创建任务，开展创建活动等工作的同时，要特别注重做好积累资料，建立档案，这既是总结经验，加强创建工作规范化、制度化建设

第六章 楼台近水

的需要，也是文明单位检查验收的重要内容。要注重创建资料的收集、整理、归档等工作，形成规范完整的创建工作台账。要善于总结经验，形成对工作的理论指导，使创建形成风尚、形成制度，成为我局文明建设的重要内容。

三、充满激情，同心协力，为创建工作做出应有贡献

在这个问题上，我就不讲说教式的大道理了。大家都是读书人，大道理听多了乏味。最近，我读了点书，思考了点问题，就把读书后的所思所想，向大家报告一下，也权作如何对待争创全国文明单位提点要求。

思考之一：奉献体现价值

吃饭，是为了活着，但活着不仅是为了吃饭；呼吸，是为了生存，但生存不仅是为了呼吸。

这就告诉我们，人生的价值不在于生命的本身，而在于创造生命之外的价值。这种价值比生命更伟大、更有意义。这种价值就是奉献，奉献多少与价值多少成正比。

我们通过工作获取物质资源，以维护自己和家庭生活之需。但是，难道我们的工作就是为了几千元一月的工资吗？我想，谁都不甘心，谁都不愿意就此作罢，谁都想追求自己的理想和抱负，谁都想通过工作体现自己的人生价值，让自己活得更有尊严一些。

当然，我们大多数人要在各自的岗位上工作一辈子，或许没有轰轰烈烈的事迹，或许没有鲜花和掌声。但是，只要我们真心付出，无愧于岗位，我们就会平添一分收获、一份洒脱、一份心底的踏实、一份无悔人生的豪迈。

思考之二："一盆蓝天"的启示

有这么一则故事：话说一天，一群化缘未果的弟子回到寺院，见禅师躬身对着一脸盆仿佛入定一般。弟子们满腹狐疑，偷偷上前探个究竟。可盆里除了半盆清水，什么也没有，弟子们百思不解。有个小弟子不禁问道："师父，你这是在做什么呢？""我在看着自己的一片蓝天。"禅师慢慢悠悠地答道。于是，弟子们争先

恐后地围上来观看，可不是吗？那盆中一汪清水里，正倒映着一片碧蓝的天空。于是弟子们问道："师父，你说的就是这盆里的蓝天吗？""是啊！同在一个蓝天下，天本来是属于所有人的。但是，我用自己的心智，通过躬身和亲手的努力，就拥有了属于我自己的蓝天。"这时，弟子们似乎有些了然。

这个故事给我的启示是什么呢？我认为，如果说财政人都拥有自己的一片蓝天，都拥有同一片蓝天的话，那么这片蓝天就是财政局这个大集体，而撑起这片蓝天的正是在座的每一位同志。试想，拥有这片蓝天的每一位财政人，谁不愿意为撑起这片蓝天做点贡献？谁又愿给这片蓝天抹黑呢？

财政局是每个财政人的财政局，财政局的每个同志都在为维护财政形象，维护财政的声誉在默默奉献着。我们每个人都在看护和守望着属于自己的蓝天。这60年的风雨，成就了株洲财政今天的辉煌，靠的是什么呀？靠的就是我们强烈的团队意识，强烈的集体荣誉感。我相信这种意识和荣誉感一定能在我们这一批财政人中发扬光大。

思考之三：阳光心态是一种境界

三个建筑工人同在修建一座标志性建筑。第一个人认为，每天工作八小时，钱很少，活很累；第二个人认为，辛苦一天可养活一家，工作还可以；第三个人认为，能参与建造这座将流芳百世的工程，非常荣幸。

同样的工作，第一个人越做越烦，很苦闷；第二个人比较现实，心里也平衡；第三个人不仅不觉得辛苦，而且觉得是在做一件非常有意义的事。

三个人实际在某种程度上代表着不同的需求，也代表着不同的心态。第一种感到工作是苦差事，第二种把工作当饭碗，第三种视工作为使命。对前两类人群，从现实看，也无可厚非，但通过这个故事，说明人的思想境界是有高低之别的。社会当然崇尚把工作当使命的人，因为有阳光心态，才有如此境界。

第六章　楼台近水

我们大家正从事着同一种工作，尽管具体分工不同，但都是为民理财，为社会服务。然而在我们当中，上面所说的三种心态，有多少人是怀着前两种心态，又有多少人是第三种阳光心态呢？

我曾经说过，一个人要有正思维、正心态和正言语。但我也知道，"人上一百，形形色色"，这都可以理解。只是在这个急功近利、物欲横流、信仰缺失、心烦意躁的社会变革时期（我这么说也不够阳光），我真心地希望大家，多些阳光，少些阴暗；多些坦然，少些算计；多些悦纳，少些排斥；多些赞扬，少些刻薄；多些沉稳，少些浮躁；多些看开，少些看透。这样，我们就会有一种积极向上的阳光心态和思想境界，坦然面对眼前的一切。

思考之四：崇尚若水情怀

水是万物之源。没有水，就没有春的缤纷；没有水，就没有夏的激情；没有水，就没有秋的沉淀；没有水，就没有冬的纯洁。

水聚财，财似水。财政人"在水一方"。这是大家的幸运，大家的福分。那么，我们应当有怎样若水的情怀，如水的品格呢？

纵观历史先哲对水的推崇，可谓至善至美。诗经里有"在水一方"，两千多年前的老子、孔子就从水中悟出了道，遂有"七善""三德"等感言。老子云："上善若水，水善利万物而不争，处众人之所恶，故几于道。"对老子这段话，我的理解是：上善的人，就应该像水一样，造福万物，滋养万物，却不与万物争高低，更不求回报；水是往低处流的，它总是流向低洼，然而正是这种风度，看似低下平庸，它才可以包容万物，包容一切。"处众人之所恶"，就是谦虚为下，行众人不愿去效行之事；"故几于道"，就是接近真理的意思，道即真理。

联系现实，我觉得，我们至少要学习水七个方面的品格，或叫七德：

一是奔流不息、一泻千里的进取之德。我们只有常怀进取之心，才会有源源不断的工作动力。

二是哺育万物、不求回报的奉献之德。只知付出，不求回报，这是忘我的高尚境界。

三是一碗水端平的公正之德。温家宝总理说:"公平正义比太阳还要有光辉。"要出于公心,不能擅权。

四是为有源头活水来的创新之德。创新是一个民族的灵魂,也是事业长盛不衰的关键。我们不能墨守成规。

五是水往低处流、甘心居下的谦虚之德。谦虚使人进步,骄傲使人落后。

六是流水不腐、自警自省的清廉之德。工作不努力,一点本钱都没有;经济不发展,一点地位都没有;民生不改善,一点威信都没有;为政不清廉,一切都没有。

七是处众人之所恶的包容之德。水让人尽情洗涤,却从不抱怨,无怨无悔。

我推崇若水的情怀和品格,目的就在于与大家共勉。若水情怀是一种品格、一种修养,需要在实践中不断加强陶冶。如果我们都有水一样的品格,我们财政这个团队就一定能够真正成为让党和政府放心,让群众满意,让社会刮目相看的一个光荣的团队。

说上这些感想和体会,就是想与大家共勉:

一个人,作为社会的一员,要对社会有所奉献,只有这样,才能体现自己的价值,不枉一回人生;

一个人,作为集体的一员,必须有团队意识,只有这样,才不会被大家所抛弃;

一个人,为人处世,必须具有阳光心态,只有这样,才能有乐观豁达、积极向上的人生;

一个人,要真正成为一名高品格的人,必须有若水的情怀,只有这样,才能被大家所接受、认可,被大家尊重。

同志们,我们正在从事着我们前人曾为之呕心沥血的工作,我们正在争创着我们前人没有争取到的荣誉。市委、市政府在关心着我们,社会各界在关注着我们,一言既出,驷马难追。我们一定要以志在必得的雄心壮志,动员全局上下,从我开始,从现在开始,

第六章 楼台近水

为争创全国文明单位群策群力，奋力拼搏！

在传承中发展　在发展中创新
——在株洲财政 60 周年座谈会上的讲话
（2011 年 5 月 20 日）

今年是建党 90 周年，是株洲建市 60 周年，也是我们株洲市财政局成立 60 周年。今天，我们敬邀各位回到局里，是想共同回顾株洲财政 60 年来走过的光辉历程，畅谈财政事业取得的辉煌成果，展望今后发展的美好前景，并表达我们对各位为财政事业呕心沥血，奉献了青春和爱的崇敬之情、感谢之意。首先，我代表局党组，对参加今天庆典座谈会的各位领导、各位前辈、各位同仁，表示最热烈的欢迎！

我想先做个简要的汇报，抛砖引玉，引出话题，让大家畅谈株洲财政的昨天、今天和明天。

一、基本情况

局机关内设 24 个科室，下辖 6 个副处级事业单位、5 个正科级事业机构，现有在职干部职工 200 人，离退休人员 37 人。在职干部中，有研究生学历 6 人、大学本科学历 150 人、大学专科学历 31 人，占到总人数的 94%；有 113 人取得了中级以上技术职称，占总人数的 57%，其中有 9 人取得了高级会计师、高级工程技术资格；有党员 159 人，占总人数的 80%，下设 10 个党支部（含 1 个离退休老干支部）。

二、发展情况

1951 年 5 月，伴随着株洲的建市，株洲市财政局应运而生。弹指一挥间，豪迈六十年。60 年来，在市委、市政府的正确领导下，经过一代又一代财政工作者的艰苦奋斗，财政事业取得了巨大成就，财政面貌发生了翻天覆地的变化，为促进各个时期经济发展和社会进步，做出了重大贡献。

过去的60年，是财政大发展的60年，是民生大改善的60年，是观念大转变的60年，是队伍形象大提升的60年。

60年来，财政实力不断提升，财政"蛋糕"越做越大。在经济快速发展的基础上，通过持续推进财税改革，形成了良性、健康、可持续的财政收入稳定增长机制，财政收入规模不断迈上新台阶。从1951年的132万元到2010年的131亿元，60年间增长近1万倍。尤其是改革开放以后，收入呈加速度增长：1989年，财政收入突破5亿元；1994年"分税制"改革后，财政收入达到11.6亿元；十年后的2004年，财政收入达到33.7亿元。特别是"十一五"期间，财政收入大幅增长，年均递增26%，2009年财政收入突破100亿元大关，成为继省会长沙之后，全省第二个财政收入跨越百亿大关的市州。2010年财政收入又跃上了131亿元的新台阶，一年净增了31亿元，相当于2004年全年收入总和。今年前4个月，平均每月的收入13.8亿元，比1994年全年收入还多2亿元。财政实力的不断壮大，为株洲经济社会跨越发展奠定了坚实的物质基础。

60年来，保障能力不断增强，支出规模越来越大。随着经济的快速发展、财力的不断增长，财政支出规模不断扩大，支出范围逐步涵盖到社会各个领域。全市财政支出由1951年的40.6万元增加到2010年的158亿元，60年间增长了3.9万倍。并且随着财政支出结构的不断调整，财政不断加大对"三农"和教育、医疗卫生、社会保障等社会事业的投入力度，着重向基层、向农村、向社会弱势群体倾斜，财政保障的重点实现了由"保吃饭""保运转"向"保民生"的跨越。到2010年，财政民生支出达到105.8亿元，占财政一般预算支出的比重达67%。整个"十一五"期间，财政民生支出累计达到340亿元，年均增长30.5%。另外，干部的收入待遇也逐年提高，2007年规范津补贴后，从2008年到现在，市本级一块人平年新增收入1.16万元。

60年来，财政改革不断深化，改革成效越来越明显。60年来，

第六章 楼台近水

特别是改革开放以来,株洲财政不断加大管理创新力度,坚定不移地推进各项财政改革。通过财政体制的不断改革和调整,从高度集权的"统收统支"体制逐步过渡到不断完善的"分税制"财政管理体制,为财政收入的稳定增长奠定了坚实的体制保障;通过全面推进农村税费改革,种地农民真正实现了"零税赋";通过不断深化以部门预算、国库集中收付和政府采购制度改革为核心的支出管理改革,公共财政体制框架逐步构建,财政资金使用更加安全高效,财政运行质量明显改善,财政管理朝着科学化精细化方向迈进。

60年来,思想观念不断转变,理财理念越来越新。随着形势的发展,市委、市政府以战略思维、国际视野,确立了"保二争一,科学跨越"的战略目标,提出了"五个敢于"的发展理念和"三不""三提""三保"的工作要求,实施了"三创五改""四创四化""三大战役"等重大工程,闯出了一条株洲科学发展的新路子。为了适应发展变化的大好形势,紧跟市委、市政府的战略部署,我们与时俱进,不断转变思想观念,提出了一系列新的理财理念,并付诸实践。一是责任理念。按照科学跨越发展的要求,以主动担责、敢于担当的勇气,提出财政工作要由"有多少钱办多少事"向"有多少事尽力筹多少钱"转变,我们采取争资支持企业、融资支持建设、调资支持发展的措施,主动服务全市发展大局。二是发展理念。按照"敢于负债搞建设"的要求,提出了要由"用昨天的钱办今天的事"向"用明天的钱办今天的事"转变。围绕加快发展,这几年协助融资平台累计融资到位180亿元,"用子孙的钱,为子孙办事",推动了各项重点工程项目的顺利实施。三是开放理念。按照"用活政策争资金"的要求,提出要由"用好自己的资金"向"争取国家的票子"转变,我们抢抓政策机遇,"跑部进厅"争项目、争资金,得到了上级"要人给人,要钱给钱"的大力支持。四是服务理念。按照"理财让公众放心,服务让社会满意"的要求,提出干部作风要由"过得去"向"过得硬"转变,工作要由"被动落实"向"主动服务"转变。我局在"行风评议""政绩考核"中均名列前茅。五是保障理念。按照公共财政的要求,提出财政保障重点要由"保运转"向"保民生"转变,努力确保了市委、市政府以民为本的执政理念得到贯彻落实。

60年来,队伍建设不断加强,整体形象越来越好。在财政事业得到全面发展的同时,财政队伍建设也得到不断加强。在各位老领导、老前辈打下的良好基础上,财政部门对外的认同度、美誉度越来越高,财政干部荣誉感、归属感越来越强。在这几年的政绩考核中,财政局都是"一等单位",而且都是第一名或第二名。局机关先后荣获"株洲市文明单位""湖南省文明单位""全国财政系统先进集体""全国精神文明建设先进单位"等一系列荣誉称号。我们正举全局之力争创"全国文明单位"。

60年来,办公设施不断改善,办公条件越来越好。经过财政局历届领导的艰苦努力,机关办公条件越来越好,从蜗居棚户房到红砖瓦房到高楼大厦,从徒步行走到人力单车到以车代步,从算盘到计算器到用电脑……让我们这些后来人深切地体会到了"前人栽树,后人乘凉"的幸福感和自豪感。

抚今追昔,我们深深地体会到,株洲财政事业的发展和成就,是市委、市政府正确领导、亲切关怀及社会各界大力支持的结果,更是各位老领导、老前辈呕心沥血、无私奉献的结果。财政局的每一点变化,都凝聚着你们的智慧和力量,饱含着你们的关心和支持。我们深知,没有你们当年的筚路蓝缕,没有你们打下的坚实基础,没有你们这些年来一如既往的理解、支持和帮助,株洲财政就不会有现在这么好的发展局面。在此,我代表全局在职干部职工,对你们深情地说声:感谢大家,我们永远铭记着大家!

三、发展规划

一个甲子圆满谢幕,另一甲子即将谱写新的华章。株洲财政发展正面临新的历史机遇。我们确定"十二五"规划的目标任务是:财政总收入年均增长15%,到2015年达到263亿元,在2010年

第六章 楼台近水

基础上翻一番，力争突破300亿元大关。工作措施是，努力做到"四个更加注重"：

一是更加注重财政经济协调发展。始终坚持经济决定财政的思想，健全财政经济良性互动发展机制，既要通过合理配置资源和发挥财税杠杆作用，使经济发展的速度、质量、结构和效益达到内在统一，又要坚持依法理财治税，不断提高收入质量，保持收入稳定增长，确保经济发展成果充分反映到财政收入上来，努力实现经济财政协调发展。

二是更加注重提升民生保障能力。按照"预算优先立项、追加优先安排、拨付优先到位"的原则，集中财力向民生领域倾斜，重点解决好人民群众最关心、最直接、最现实的利益问题，让人民群众生活更加幸福、更加体面、更有尊严，全力支持"幸福株洲"建设。现在我们正在策划实施收入倍增计划。

三是更加注重财政科学化精细化管理。不断完善财政管理制度，大力推进财政科学化精细化管理，既要"收好钱、分好钱"，更要"管好钱、用好钱"，最大限度地发挥财政资金的使用效益。强化财政"大监督"理念，有效整合财政监督、绩效评价、投资评审、政府采购等监督资源，建立起"全员参与、全程控制、全面覆盖、全部关联"的监督机制，努力做到资金拨到哪里，财政监督管理就跟到哪里。

四是更加注重加强财政干部队伍建设。始终坚持财政业务工作与队伍建设两手抓，着力"建一流班子，带一流队伍"，进一步提升财政干部的综合素质、工作能力和理财水平，大力推进服务提质、办事提速、工作提效，努力打造一支政治坚定、业务精细、服务优质、作风过硬、清正廉洁、和谐进取的财政干部队伍。

各位老领导、各位老前辈、各位同仁：尽管财政工作取得了较好的成绩，但也存在这样和那样的不足，特别是集执法与管理于一体的政府重要组成部门，备受社会关注，正所谓"千万双眼睛盯着财政，千万双手伸向财政，千万张嘴议论着财政"。这更增添了我们工作的难度和压力。在座各位老领导、老前辈都是财政工作的行家里手，是株洲财政改革发展的宝贵财富。在此，我们恳请大家一如既往地关心和支持财政工作，多提宝贵意见，多出点子，把你们的好传统、好经验、好做法传授给我们，使我们在工作中少出差错、少走弯路，在财政改革发展的道路上迈出更加坚实的步伐。

学习邓碧秋　奉献在岗位
——在邓碧秋同志事迹报告会上的讲话

（2012年5月11日）

今天，我们在这里隆重举行邓碧秋同志的事迹报告。刚才，看了邓老生前工作生活的剪影，听了邓老平凡却又伟大的事迹介绍。之前，我还读过她临终前写的诗句。她生病住院时我也到医院看过两次。说实话，仅靠这些信息，我还不能解读她80年春秋工作生活的全部，更无法解读她内心深处丰富的内涵，但仅凭这些就足以让我对她怀有发自内心的崇敬，怀有无限的爱戴。

邓碧秋同志去世以后，有这么几个问题我一直在思考：为什么会有那么多七八十岁的老同志冒着天寒地冻的黑夜去参加她的追悼会祭奠她呢？为什么会有那么多的人在她离休多年后仍然那样敬重她呢？为什么她同科室的同志对她的逝世是那么悲恸呢？为什么大家一谈到她都肃然起敬呢？对这些问题，我提议组织专门班子对她的事迹进行挖掘整理，形成了今天报告会的内容。举行这场报告会，局党组是经过认真讨论决定的，目的是要号召全局上下向邓碧秋同志学习。诚然，邓碧秋同志的事迹谈不上惊天动地，也不是轰轰烈烈，但它们就像涓涓细流浸润着我们的心田，就像波浪惊涛一样涤荡着我们的灵魂，让我们有一种不学习她、不传承她的优秀品质，就有寝食难安的感觉；有一种不学习她、不传承她的精神，就会影响财政工作发展的紧迫感。

第六章　楼台近水

下面，我讲三个方面的问题：

一、向邓碧秋同志学什么？

第一，学习邓碧秋同志对党忠诚的政治品格。邓碧秋同志有着坚定的共产主义信仰，一辈子坚守共产党人的精神家园，一直以共产党员的标准严格要求自己，从未改变。为了参加在韶山举办的党训班，坐不得汽车的她，怀着对党的热爱，竟然独自步行到韶山参加学习，学习完成后又从韶山到株洲，走了个来回，一个来回有三四百里路啊，我们能做到吗？她在重病期间，仍然十分关注党和国家的事业，去年"七一"，喜逢党的90华诞，她还赋诗一首，表达了对党真挚而深厚的情感。作为一名老财政、老党员，邓碧秋同志始终注重维护党的权威，理解组织的难处。当有人问起提拔的事，她总是说要体谅组织的难处，不要向组织提要求。当有的人借少数党员干部腐败现象来攻击我们党时，她站出来为党说话，理直气壮地说：这是少数党员干部的个人问题，我们党是正确的伟大的党！从邓老平凡而伟大的一生可以看出，对于党性的锤炼和考验，不一定非要经过战火的洗礼，和平时期也可以；不一定非要做多大的官，普通党员也可以。我们向邓碧秋同志学习，就要学习她的信仰不动、党性不移、本色不改，处处表现出一个普通党员对党的忠诚。

第二，学习邓碧秋同志严谨务实的工作作风。邓碧秋同志爱岗敬业，忠于职守，勤勤恳恳，任劳任怨，始终对自己高标准、严要求。她对工作认真细致，一丝不苟，精益求精，有一股"不达目的不罢休，不做完事不回家"的韧劲，经常一头扎进办公室，工作到凌晨一两点钟。在当时手工记账、用算盘算账的条件下，她做的报表准确无误，而且她对经手的每一项资金都清清楚楚，她的大脑就是一个"数据库"。"要数字，找邓师傅"，这就是大家对邓碧秋同志的最好认可和最大褒奖。我们向邓碧秋同志学习，就要学习她强烈的事业心、崇高的责任感，全身心地投入工作中，扎扎实实做好每一件事。

第三，学习邓碧秋同志与人为善的高尚品德。邓老为人朴实，关爱他人，待人热情。她对待年轻的同事，不仅不摆"老财政"的架子，还在工作上给予帮助鼓励，在生活上给予关心体贴。同事有问题请教她，她总是耐心地解答清楚，哪怕是在分娩住院的时候。而且，她愿意毫无保留地把自己的工作经验和方法传授给他人，所以当时年轻的同志都称她为"师傅"。她热衷于帮助他人，如大家前面提到的为人烧开水，帮人加班做报表，帮人收拾房子，等等。我们向邓碧秋同志学习，就是要学习她这种与人为善、仁爱为怀、甘为人梯的高尚品德，真诚待人，互帮互助，把我们这个大集体营造成为一个团结友爱、和谐温馨的财政大家庭。

第四，学习邓碧秋同志淡泊名利的若水情怀。邓碧秋同志对权力与名利地位始终抱着一颗平常心，始终把心思全部用在工作上。她兢兢业业、勤勤恳恳，为财政事业奉献了一生。她总结自己是"八老"干部：老班长、老组长、老财会、老团干、老党员、老干部、老先进、老模范，但直到离休时，她的职务却仅仅是个副主任科员。她没能力吗？"要数字找邓师傅"；她不敬业吗？17岁就全票推为劳模；她没威信吗？她敢于坚持原则，秉公执法，说话有分量。可邓老对于组织没有提拔自己，从来没有任何的牢骚怪话，体谅组织的难处，还劝诫别人要把名利看淡一点。我们向邓碧秋同志学习，就是要学习她正确的权力观、名利观、地位观，不计名利得失，不计荣辱进退，把工作作为人生的最大快乐。

第五，学习邓碧秋同志廉洁自律的道德风范。物质财富再多也是会消耗掉的，但精神财富却能够流芳千古，世代相传。邓碧秋同志没有给她的后代留下什么物质财富，但她却给我们所有的后人留给了比物质更加珍贵的做人做事的道理：凡事不贪不占，始终如一地坚守信念，不抛弃、不放弃。单位分房子，她本可以优先选择，但她却没有要；她离休以后，从来不用公家的车子；她住院看病从不多报药费，舍不得多花公家一分钱，也不搞"一人离休，全家受益"的事。她经常讲："待遇是组织给我个人的，

第六章 楼台近水

其他任何人都不能沾光。"我们向邓碧秋同志学习,就是要学习她廉洁自律的道德风范,坚持原则,一身正气,始终做到自重、自省、自警、自励,使廉洁自律的意识在思想上扎根、在行动上自觉体现。

邓碧秋同志的这些事迹,看似平凡,甚至是工作生活中的一些小事,但却深深地感染人、影响人、打动人。我想,以上五个方面也许已经回答了为什么要向邓碧秋同志学习的问题。我想要说的是:邓碧秋的伟大,不在于她有惊天动地的壮举,而在于她平平凡凡的事迹,而正是这些平凡的小事,塑造了她高大感人的形象;正是这平凡的大家都能做的,而有些人却不太愿意做的小事,才体现了邓碧秋同志的可钦、可敬、可信。邓老以其八十年春秋的点点滴滴小事,铸就了无愧于自己、无愧于社会的精彩人生。

二、对照邓碧秋同志,我们的差距在哪里?

毫无疑问,我们这支队伍的主流是非常好的,有很多像邓碧秋同志那样兢兢业业、任劳任怨、无私奉献的同志。正因如此,我们这支队伍取得了不少的荣誉,也赢得了社会各界的好评。但有句话说,"成绩不讲跑不掉,问题不讲不得了",对照邓碧秋同志,当前我们队伍中仍然有一定的差距。主要表现在:

(一)在维护党组织方面:有个别同志党性观念和大局观念不够强,对局党组做出的决策、部署的工作,不是以阳光的心态去理解、去认识,也不是以积极的态度去执行、去落实,而是敷衍应付,当面不说,背后乱说,开会不说,会后乱说,甚至阳奉阴违,说风凉话。这样既影响全局工作的推进,又影响到集体的凝聚力和战斗力。

(二)在工作作风方面:一是纪律松散。个别同志工作自由散漫,有的上班迟到早退或中途溜岗,甚至随意旷工的现象也屡见不鲜。二是精神松懈。一些同志对工作缺乏激情,缺乏严谨细致的工作态度,工作满足于一般化,存在"不求有功,但求无过"的消极思想、"比上不足、比下有余"的中游心态。三是作风漂浮。

有的同志只愿意开"顺风船",而一旦遇到棘手的问题,就退避三舍。有的同志"说功"强,"做功"弱,推一推动一动,甚至推而不动。个别同志眼高手低、心高气傲,大事干不来,小事瞧不上,终日无所事事,甚至还怪组织不关心、不重视。有的科室(单位)执行力度不到位,对工作部署不能一以贯之,工作走样,甚至虎头蛇尾、不了了之。

(三)在团结共事方面:有些同志把主要心思和精力花在拉关系、走后门,为自己的升迁、自己的私利挖空心思、不择手段去谋人,甚至搬弄是非,影响同志间的关系。有的人在与同事交往中,当面一套,背后一套,不是光明磊落,而是有些心怀叵测。有些同志喜欢"窝里斗",眼里揉不得沙子,容不得别人进步。有的同志喜欢发牢骚,怪话连篇,指桑骂槐,影响同事间的感情。

(四)在对待名利方面:与邓碧秋同志相比,我想,当前我们最大的差距就是在对待名利方面。我们的队伍中经常出现一些不好的苗头,个别同志只想揽权,不想做事,只想获取,不想奉献,只要组织照顾,不要组织纪律,干事的时候推三阻四,遇到困难绕道走,见到权力却拼命争,面对名利和荣誉,却唯恐手伸得不够长;有的同志一门心思想着提拔,到处找关系,全然不顾组织原则,提拔不了就怨天怨地,甚至讲些不三不四的话。希望这些同志静下心来多做些反思。

(五)在廉洁自律方面:个别同志对自身要求不够严格,存在"吃拿卡要"的现象,甚至存在不给好处不办事、给了好处乱办事的问题;该拨的资金不及时拨,等人找上门;个别人给别人安排或争取了资金,变着法子向人家要好处;有的工作不注意小节,以为只收些小红包、小礼物不会出事。在这里,我要向有这些行为的同志提个醒,廉政问题是一条"高压线",必须防微杜渐,慎之又慎,千万不要因为一些蝇头小利毁了自己,害了家人,到那时后悔都来不及。

对于上述五个方面的差距和不足,希望大家有则改之,无则

第六章 楼台近水

加勉，不断完善自我。下面，是今天我要讲的第三个问题：

三、学习邓碧秋同志，我们该怎么做？

时代在发展，情况在变化，但我们这个社会对先进和优秀的追求和标准永远不会变。和平时代需要什么？我认为需要的是任劳任怨、扎实干事、勇挑重担的优良作风。平凡岗位需要什么？我认为需要的是默默奉献、恪尽职守、不计得失的优秀品格。作为文明单位，我们需要什么？同志们，"逆水之舟，不进则退"。在当前千帆竞发、百舸争流的文明单位"竞赛"中，我们需要的是永立潮头、永不变色、永争先进的不懈追求。那么，学习邓碧秋，我们该怎么去想、怎么去做呢？

就当前谈心活动集中反映的一些问题来看，最需要解决的问题有三个：

第一，要正确对待提拔。这次谈心活动中，有些同志提出希望组织提拔和解决待遇的问题，有这种想法，说明自身在积极要求进步，我也能够充分理解。实际上，局党组也一直在考虑大家的待遇问题，从2008年到现在，我局推荐到外单位担任副处级以上职务的有8人，单位内部提拔副处以上的有11人，还有5名副处级干部进了局领导班子。而且局内的科级岗位，通过积极向上争取，也在不断增加，这几年增加的正科级岗位就有12个（纪检监察员岗位6个、农开办1个、国土资金科1个、评审中心升格增加了4个）。但是，岗位资源总是有限的。对大家的要求也不可能全部满足。这就需要同志们正确对待提拔问题，把名利看淡一点，把心态放正一点，以"对事业的追求是乐在苦中"的态度，多把心思放在工作，放在推动财政事业发展，这样你没有提拔，但你同样会受到尊重。要不然，我们天天要求设新岗位，天天提干部，何时是个头呀！？我常说，在对待名利上，不要看透，要看开、看懂。看透，是消极的人生态度；看开，是富有涵养的人生态度；看懂，是积极的人生态度。邓碧秋老人既看得开，又看得懂，所以她快乐，她可敬可亲。

第二，要正确看待岗位。在谈心活动中，不少同志提出要岗位交流，综合科室的想到业务科室去，二级机构的想到机关科室去，事情多的想到轻松一点的地方去，事情少的想要多做点事，这些也都可以理解。作为局党组也可这么去考虑安排，可问题在于，我们提出问题的动机是什么？如果你想成才，如果你想为财政工作作贡献，在哪里不是工作？！我担心的是，一些同志想要到业务科室去，不就希望有资金分配权，有了资金分配权，又希望有自由裁量权。刚才有同志在演讲时说道：没有不成才的岗位，只有不成才的人。在干部岗位调整的问题上，我有这么一个观点，那就是干部的工作积极性是调动起来的，而不是人事"调整"调出来的。我到财政工作以来，比较注重干部队伍的稳定和工作的连续性，没有大面积地调整干部，以前几次岗位调整，局党组都是坚持"缺位补位、充实岗位、个别交流"的原则，对干部做了小范围的调整，同时也确实对工作负责、能干事、干了事的干部优先进行了考虑。

第三，要正确看待自己。在谈心活动中，我发现，我们要牢固树立"责任在我"的意识。不要抱怨组织给你的不够，而要问问自己为社会做了什么；不要凡事都想要别人来回报自己，而要想想自己如何回报社会和他人，一定要懂得和晓得感恩；不要推卸责任，而要承担责任。现在有些同志，一旦工作出现纰漏，就推卸责任，怨天尤人，把责任推得一干二净。而我要说，你有千条万条理由讲责任在人，只问一句，你自己该承担什么？工作中有时出现纰漏是正常的，当工作出现纰漏时，我们要敢于担责，而不是千方百计地为自己免责寻找借口。在这个世界上，没有不需要承担责任的工作。一个人的工作岗位越重要，职位越高，权力越大，就意味着责任越重。无论职位高低，只有树立起"责任在我"的强烈意识，形成"人人都是责任者"的工作氛围和道德自觉，我们的事业才能无往而不胜。

就当前的工作来看：

第六章　楼台近水

第一，开展好"满意在财政，满意在岗位"活动。市委把今年干部作风建设的主题确定为"听民声、解难题、抓落实"。在全市作风工作建设会议上，君文书记强调，各级各部门各单位要制定针对性强、科学合理、便于操作的实施方案，将目标责任层层分解细化，做到全面覆盖、全员参与、人人有责。按照市委的要求，结合财政工作的实际，局党组决定开展"满意在财政，满意在岗位"活动。"满意在财政"是财政人向社会承诺，"满意在岗位"是个人向党组承诺，目的是希望通过活动的开展，让我们自己满意，让服务对象满意，让社会各界满意。活动的主要形式有四项：一是开展"坦诚交流求共识，凝心聚力促发展"谈心交心活动，这项工作现在已经开展。二是开展"走基层、大帮扶、献爱心"活动。三是开展"出机关、察实情、转作风"活动。四是开展"满意在岗位"活动。大家要结合向邓碧秋同志学习活动，对照先进找差距，立足岗位讲奉献，以服务态度、服务质量、业务能力、廉政建设、办事效率五个方面为重点，制定满意标准，并对照满意标准进行公开承诺，认真组织落实，不断提高社会各界对财政工作的满意度。

第二，巩固发展好文明创建的成果。通过全局上下多年不懈的努力，去年我局成功荣获了"全国文明单位"称号。全国文明单位既是一份荣誉，也是一份压力，更是一份责任。荣誉属于过去，责任不可懈怠。成功创建全国文明单位，我们可以自豪，但不能自满；要有自信，但不能自负。我们要清醒地看到，对照文明单位的标准，对照上级与群众的期盼，我们还有这样和那样的不足，绝不能用一块奖牌来掩盖问题，绝不能用一块奖牌来遮住差距，绝不能用一块奖牌来粉饰不足。我想说的是，文明创建是一个实践过程，只有起点，没有终点；是一个永恒课题，只有逗号，没有句号；是一个崇高追求，只有更好，没有最好。所以，我们要对文明创建工作进行一次再认识，总结经验，找出差距，努力推动文明创建工作向更深的层次、更广的范围、更高的水平迈进。

下一步，请机关党委牵头，对如何巩固文明创建成果进行认真研究。主要包括三个方面：一是文明创建的经验在哪里？二是文明创建后存在的问题在哪里？三是文明创建下一步的工作重点在哪里？

第三，切实抓好业务工作，确保各项目标任务的完成。千道理，万道理，业务工作没搞好，没有一点道理。一是要抓收入，二是要抓管理，三是要抓落实，把年初目标分解落实到位，确保完成各项目标任务。

同志们，典型就是旗帜，榜样就是力量。邓碧秋同志为财政干部树立了一座丰碑，是我们永远学习的典范。我们要在全局上下掀起向学习邓碧秋同志学习的热潮，以邓碧秋同志为榜样，学习她的精神，缅怀她的品格，坚定信念，脚踏实地，拼搏奉献，敢于担当，用我们的实际行动，为推动财政事业又好又快发展做出新的更大的贡献！

身边的感动、心中的感激
——在全局开展"身边的感动"评选活动的动员讲话

（2014年7月18日）

在局里准备开展"身边的感动"评选活动之前。今天我先就"身边的感动"作个抛砖引玉的发言，算是对活动开展的动员，也是就党的群众路线教育实践活动中大家提的有关意见与大家做些沟通交流。

一、我身边的感动

诗人艾青在《我爱这土地》中写道："为什么我的眼里常含泪水？因为我对这土地爱得深沉……"

艾青为什么能写出如此不朽的诗篇，那是因为在抗日战争期间，他目睹了祖国的大好河山被日寇践踏、摧残的悲惨，强烈的民族感、责任感让他发出了源自心底的呐喊。

我想要给大家说的是，为什么我心里常怀感激？因为我被身

第六章　楼台近水

边的财政人感动得深沉。

我来到财政已经八个年头了。八年来,我无时无刻不被身边的人和事感动着。

我感动于离退休老前辈的豁达与真诚。他们淡泊名利,待人真诚,从不给局里提过高要求。对局里的大事,总是默默支持,给予正能量的评价。

比如,已经逝去的邓碧秋老人,她那种"淡泊名利、知足常乐、甘为黄牛"的精神,为我们树立了一座伟岸的丰碑。

参加过抗美援朝的谭炳章同志,曾多次由衷地感慨:"没有共产党的英明领导,我们怎么可能有这样的生活呢?"谭老的可贵,就在于他时常怀有一颗感恩组织的心!

在一次老干部座谈会上,当有关人员讲现在不能随便发福利,请大家理解时,人教科(政工科)老科长何爱春同志说:"我们这些老人都能理解,我们的儿子、孙子都大了,收入足够开销,只是那些刚成家或待成家的年轻干部怎么办呀?"多好的老人啊!她还像当年当科长时一样,心里惦念的总是他人。

老同志这些源源不断的正能量,就是我们推进财政事业不断向前发展的不竭动力。

我感动于中青年干部的勤奋与努力。中青年干部是财政发展的骨干力量。多年来,大家勤勤恳恳、任劳任怨、默默奉献在各自岗位上,从不同角度闪烁着耀眼的光芒。

有服从安排、任劳任怨的:如蔡梅萍、周国祥、罗翔、肖健、王乐春等同志。他们工作严谨务实,责任心强,一丝不苟;服从组织安排,干一行爱一行,为同事们树立了好榜样。

有爱岗敬业、勤勤恳恳的:如刘立中、何幸、汤智勇、郭永清、肖冬亮、闻湘、徐倩、刘虹、马惠珍等同志。他们干一行爱一行,乐于奉献,用满腔热情的工作,不断为财政事业的发展添砖加瓦。

有坚持原则,敢于担当的:如丁卫星、金宏君、叶晖、帅江辉等同志。他们一心为公,坚持原则,不怕得罪人,努力维护着财政的利益。

有满腔热情、热心服务的：如潘桂之、柳文坚、袁英、谢友良、蔡利、王晖等同志。他们在各自不同的岗位上，用他们的热忱为财政形象增光添彩。

有淡泊名利、默默奉献的：如陈茂华同志及机关各支部书记、各工会小组组长。他们大局观强，选择在背后默默地支持局里各项工作，让我们这个团队持续充满活力、始终保持着凝聚力。

这里所讲的是各支部推荐的身边的感动人选。其实还有很多同志在感动着我们，包括评审中心那些同志们。

我感动于年轻人的热情与干劲。我们财政局的年轻人不多，"80后"的干部也就16个，不到机关全部人数的十分之一。但是，这些年轻干部，他们待人有热诚，做工作有干劲，抱着一种"一切事无不可为"的自信，调动自己全身的精气神投入工作中，努力争取着更好的工作成绩。这里，我要引用毛泽东主席的一段话，与局机关的年轻人共勉："世界是你们的，也是我们的，但是归根结底是你们的。你们青年人朝气蓬勃，正在兴旺时期，好像早晨八九点钟的太阳。希望寄托在你们身上。"我想，我们终将老去，你们才是财政事业的希望和未来。

我感动于后勤团队的周到服务。如果说财政机关是一部有序运转的机器的话，那么，后勤服务人员就如润滑油，不起眼，不张扬，但离开他们，"机器"的运转就会出现故障。

这里我首先说说行政科。食堂是个"众口难调"的地方。为了"调众口"，行政科的同志和食堂的师傅们花了多少心思、费了多少心血、承受了多少责难？然而他们却无怨无悔，默默地奉献着。

物业公司的同志虽然不是机关的正式职工，但他们用心和汗水在为我们这个机关辛勤工作。比如，物业公司的周晓波同志，他走过的路是从"天之骄子"，到国企技术员，到下岗职工，到物业公司职员。到财政服务八年来，他以对工作认真负责的态度、

第六章　楼台近水

娴熟的工作技能,赢得了办公楼里上上下下和家属区里里外外的交口称赞。又如,黄金文同志,大家认识吗?你们肯定认识,但黄金文是谁可能对不上号。其实,他就是办公楼大门执勤人员,每天进出大门对你微笑、热情为你服务、忠于职守的那位中年汉子。

这些后勤服务人员,包括车队的同志,包括保洁人员,其实他们当中有些人与我们一样,都有一定学历,曾经有正式的工作单位。只不过命运之神有时更加眷顾我们,而他们却因企业改制、单位裁撤等原因失去了原来稳定的工作,为了养活一家老少,不得不从事一份薪酬较低、不太稳定的工作。

对比他们,我们又有什么可以抱怨的呢?又有什么让我们不能心存感动呢?

我感动于班子成员的鼎力支持。当年我是怀着忐忑不安的心情来到财政局的。因为很多人说财政人很欺生,财政很复杂,财政业务性很强。然而,随着一段时间的了解,我感到我的担心是多余的。从退休的袁剑萍、冯新祺到改非的金美芳、陈建强,到任正处级干部的殷静娟、李德贵,到现在所有的班子成员,哪个不是满腔热情地关心帮助我,哪个不是身体力行地支持我,哪个不是胸怀宽广地包容我、维护我,让我充满激情、放开手脚地工作?!又有哪个给我工作出难题、讲价钱、生活要求特殊?!即使有时因为我性子较急,在与其他班子成员讨论时语气不是很好,大家也往往等我心态平和了,再给我详细进行解释,让我心悦诚服。

有人说历尽艰辛的人往往有后福。我想我还算不上历尽艰辛。我这叫作傻人有傻福,让我遇上班子中这些大哥大姐、小弟小妹们。我打心眼儿里感谢局班子成员的包容支持。

我常常想:为什么有这么多的感动常常发生在我的身边呢?有人说:你是个容易被感动的人。我说这话不全对。我认为,财政局团队有着非凡的凝聚力和向心力,任何工作生活在这个团队的人,包括曾经工作生活过的人,都有着浓浓的财政情结,大家都把财政当作自己的家,都深爱着这个家,都愿为这个家付出,都愿为财政形象增光添彩。就如陈立新同志说过的："我虽然不代表财政局，但我处处维护财政形象。"

也许今天我讲到的这些同志还有一些这样那样的不足，但是，我关注的或者我看到的并不是高、大、全的形象，我讲到的这些人和事，都是在某些方面闪耀着个性光辉，让我们不得不去仰视。他们身上的闪光点，昨天、今天、明天将永远感动我、激励我，促使我不停地去奋斗。

二、我内心的感激

记得有一首叫作《奉献》的歌，其中有歌词是这样写的："白云奉献给草场，江河奉献给海洋，我拿什么奉献给你，我的朋友。"我想，这句歌词最能表达我的心境。

在我看来，发生在财政局所有的感动，都是对财政事业的爱与执着；所有的感动，也是对我这个局长的支持。在经历无数感动之后，尤其是在大家把我推上"全国五一劳动奖章"这个荣誉之后，我的感激之情更是溢于言表。

所以，"我不停地问，我不停地找，不停地想"的结果，就是要努力工作，以此来感激所有关心我、感动我的同志们。

从抱着畏难情绪来到财政，到无数感动让我热爱财政，再到怀着感激之心深爱财政，我和大家已共同走过了八个年头的风风雨雨。八年来，在同志们的关心支持下，我努力克服情况不熟、业务不懂等困难，坚持"高调做事，低调做人"的原则，满怀"激情成就梦想，奉献体现价值"的信念，虚心学习，求真务实，不断地提高自己、完善自己。即使是现在，我还时常提醒自己、要求自己，要始终保持对知识的饥饿感、对能力的恐慌感、对岗位的责任感，千万不能由于自己的能力水平，或者失误，而影响了财政工作，影响了我们财政这个团队的整体形象。

有人说我是个只知天天加班的"工作狂"，也有说我不打牌、不唱歌、不钓鱼，是"不懂生活"。其实，谁不向往邀几个朋友，就像株洲县一乡里那副对联写的"散散步且喝一杯茶去，歇歇脚

第六章　楼台近水

再打二两酒来"那种悠然自得的生活情趣？谁不向往"一杯茶，一根烟，一张报纸看半天"那种按部就班有规律的工作节奏？只是，我缺乏那种举重若轻的本事和能力。

同志们恐怕只知我刚强的一面，并不知我脆弱的一面。在我的内心深处，我是怀着无比感恩的心，来对待所有感动的人和事，对待所有关心理解支持我的在座的大家的。同时，我自认为只是一只"笨鸟"。试想，一只常怀感恩之心的"笨鸟"，要领飞一群"大雁"，能不先飞吗？能不比"群雁"多些付出吗？

这里，我还要进一步强调的是，我给自己的定位就是领飞"群雁"的"笨鸟"。

我的幸运就是："笨鸟"常常能飞出精彩。

为何能够如此幸运呢？因为每段航程，每到关键时刻，都有"群雁"的鼎力相助。

早几年，局里有人这样评价我："心直口快性子急，让人觉得可恼可恨；正直善良心肠好，又让人觉得可敬可亲"，有领导曾经对我说："你性格很直爽，容易得罪人，但是真正对你有意见的人还是不多。"我说："我有正气，无邪念。"什么意思呢？尽管我的脾气性格不好，但是我做人应该说还正直，工作上也没有邪念，按原则办事，不搞歪门邪道算计人，因此，真正恨我应该不会太多。

这里，我还想起一则寓言故事。说的是"老虎率队的羊群能战胜狼群，而羊率队的老虎群会败于狼群"。这个故事过分强调了将帅的作用。这样的故事在财政团队并不适用。我们财政团队依靠的就是团队的整体力量，创造了一系列的辉煌，飞出了一路的精彩。难道不是吗？

回顾这些年与大家共同走过的风风雨雨，我们经历了太多的挑战和考验，经历了太多的困惑和迷茫，但我们从不动摇、从不懈怠。令人欣慰的是，在市委、市政府的正确领导下，在社会各界的理解支持下，这些年财政工作取得了骄人的业绩，实现了业务建设与队伍建设的"双丰收"。

财政收入盘子不断壮大，2013年的财政收入是2007年的3.5倍，年均增长23.5%；理财理念得到认可，在厅里、部里都有较好的知名度和影响力，一些工作理念和改革措施都被上级部门肯定和推介；等等。

特别是在团队建设上，我们提出了"争创全国文明单位，争做人民满意公仆"的奋斗目标，凭借"以目标催生动力、以学习提升能力、以制度形成定力、以文化激发活力"的"四力"举措，打造了一个务实高效、充满激情和魅力的财政团队。我们不仅相继荣获"全国精神文明建设工作先进单位""全国文明单位"称号，而且队伍建设经验在湖南省和全国财政系统推介。在市里每年的政绩考核中，我们财政局都是名列前茅。

所有这些，都得到了上级的肯定、社会的认可，更让同仁们羡慕。

我深知，个人的智慧是有限的，个人的力量是单薄的，个人的贡献是微小的。这些成绩的取得，得益于市委、市政府的坚强领导，得益于财政局历届领导打下的良好基础，得益于社会各界的大力支持，更得益于全局干部职工的共同努力。在这里，作为局长，我首先带着感恩的心情，对各位同仁这些年来对我的理解、关心和支持，表示衷心的感谢。同时，我要代表局党组，对大家付出的辛劳，表示深深的敬意！

三、我特别的感受

来财政局工作已是一届又两年了，经历不少，感受更多。关于特别的感受，我想要表达的，就是结合党的群众路线教育实践活动，就局机关干部中存在的一些现象、一些思想动态，包括对我个人的意见，从理性的角度，说说我的感受，谈谈我的观点。

（一）慢慢捡起你失落的心情

当下，有相当一些同志，工作比较消极，情绪比较低落，究其原因大致有两种。一曰："提拔没希望，福利米变糠。"说的

第六章 楼台近水

是现在岗位有限，提拔机会少，中央八项规定精神出台后福利减少了，因此工作变得消极，少了激情。二曰："不受重视，被冷落了。"说的是有些同志对现在的岗位不满意，有一种"怀才不遇"的失落感。我觉得出现这样的不满情绪，都显得太过于功利了，难道我们人生的目的就是提拔？就是得到有权力的岗位？就是更多的金钱吗？按这种逻辑，也许我无法说出令人满意的答案，但我想要说的是：不知你想过没有，当年与你学习成绩差不多，甚至更好的同学，或者是儿时的伙伴，如今可能是下岗职工，他正为寻找新的工作而四处奔波，他没有提拔的可能，更没有考虑岗位重不重要的余地。不知你知不知道，同在财经大楼工作的从事物业管理的同志们，他们拿着不到全市平均工资1/4的薪水（市区平均是6.6万元）。保安每年18000元，月均1500元；清洁工是年工资15600元，月均1300元。可他们对工作兢兢业业，对人来人往的人们总是那么笑容可掬、不厌其烦。对比他们，你是失落呢，还是知足呢？要知道，他们当中学历比我们高的、本事比我们强的大有人在，刚才说到的周晓波，就是工业大学毕业的正牌大学生。

"人生不如意之事十有八九"。人生总有这样或那样的不开心的事。但令我们大家足够开心的事，就是我们有一份稳定的工作，没有"今天工作不努力，明天就要努力找工作"的危机感。因此，我真诚地希望大家能够慢慢捡起曾经失落的心情，树立正确的价值观，充满激情地工作和生活。因为，金钱、名誉、权力如同刹那间烟消云散的一抹灰烬，只有正直的人生才是最有价值的；还因为，太阳每天从东边升起从西边落下，周而复始，日子每天从天亮到天黑，不断重复，高兴是过，不高兴也是过，我们为何不让自己开开心心地过好每一天呢？更何况，明天可能又有新的机会在等着你哩。

（二）别把自己太当回事

在外界的一些人看来，财政是个强势部门。因此，对财政人的称谓也很特别：有的把财政人比作"政府管家"，大有仰慕之心；有的把财政人比作"财神爷"，大有敬羡之意；有的甚至说"政府是爹，财政是娘"，将财政摆在与政府平起平坐的位置，把财政人捧上了权力"神坛"。

　　果真如此吗？我想起了《邹忌讽齐王纳谏》的故事。邹忌并不如徐公英俊，但由于他的妻子偏爱他、小妾害怕他、朋友有求于他，每个人都曲意吹捧，说他比徐公更美。反省比对一下，社会对财政人的称谓有无曲意吹捧之嫌呢？真心也好，违心也罢，是非对错自有公认。关键在于自己得有个清醒的头脑，到底几斤几两，要有个正确的认识。任何时候不要忘记自己的公仆身份，更不要把自己太当回事。

　　在这次党的群众路线教育实践活动中，同志们给我提的意见中，最中肯的一条是："有点高高在上，脱离群众"。我首先要虚心接受这个意见。这个问题的产生，原因是多方面的，有性格修养的问题，我性格急躁，脾气大，除工作压力大外，关键是当领导时间长了，当局长久了，官僚之风滋长了，脾气变大了，意见听不到了，处事武断了，批评斥责人多了，大家也就反感了。另外，还有个人习惯方面的原因。比如，我不愿意外出去吃饭，中午基本吃食堂，晚上除了必须去的接待外，总想回家吃饭。如遇爱人有接待或加班不回家做饭，过去我就到华天一楼要一份牛腩面，再加一份鱼腥草或鱼愣子。现在华天一楼不去了，怕人家说经常出入华天。因此，不少同志受人之托请我吃饭，一般都被谢绝了。对此，我知道有的同志有意见，认为没给面子。再比如，我不愿被人前呼后拥地捧着，"不想韵局长味"，不像有的单位、有的同志出个差回来还要接受鲜花礼遇，生日还要请吃庆生饭，甚至还去唱歌跳舞。我不自在。我曾谢绝有的同志说："我不是哪个科室的局长，是全局干部的局长，接受了你们的邀请，其他同志难免也会有意见啊。"在我看来，生日是母难日，每年生日那天能陪父母吃个饭，是最好不过的了，不行就打个电话感谢父母的养育之恩。这么些年就是这么坚持下来的。尽管如此，个别

第六章 楼台近水

同志还是认为我有些脱离群众而心存不悦。我不想把自己太当回事，我是培养自己耐得住寂寞的习惯，因为我知道权力与权威的内涵。现在被请的不一定是请我，而是"请局长"。不当局长了呢？就像有同志面对好酒开玩笑说："喝这么好的酒喝惯了，今后没这好酒咋办啊。""君子之交淡如水"，这是古训；"同心我们可以走得很近，同德我们可以走得更远"，这句同样很有寓意。我记住了这两句话。

我读懂了夏朝晖那次酒后的真言，大意是：为了沟通协调工作请人喝酒，"过去喝酒人请我，我醉人也醉；如今喝酒我请人，人醉我也醉"。都是喝酒，但有本质的区别：前者是人家有求于我，请我做客，为了让我高兴，想方设法劝我喝，我喝醉了，人家陪我喝也喝醉了；后者则反之。这"人醉我也醉"的角色转换，实际就是观念的转变、作风的转变。我很赞赏这种转变（当然，现在不提倡通过喝酒来进行沟通），因为他没有太把自己当回事。

随着形势的发展，我们现在要打造法治财政、民生财政、透明财政，我们不能继续抱着传统的思维方式去开展工作，更不要把自己太当回事了，把自己当作真正意义上的公仆吧。那样你就能愉快地工作。

（三）懂得感恩才有好的未来

前些时候，微信疯传"三袋米的故事"，说的是一位伤残母亲因不能下地劳作，讨米供儿上学的故事。儿子高考考出了优异的成绩，被请上受奖台，台上摆着三袋米。当校长讲述了"三袋米的故事"，并请出故事的主人公——母亲时，如梦初醒的独生子拥抱母亲，呼天抢地的一声"娘，我的娘啊"，让所有人痛彻心扉。我每看一遍就流一次泪，为儿子懂得母亲的艰辛、懂得感恩的那一瞬、那一声。

我们的传统文化，特别崇尚知恩图报、有恩必报，历史上知恩图报的故事不计其数，大家也一定记得很多。"滴水之恩当涌泉相报""羊有跪乳之恩，鸦有反哺之义"的古训，大家更是耳熟能详。如果做个问卷，你会感恩吗？统计结果肯定是百分之百。但如果要问，你懂感恩吗？你感恩了吗？这恐怕就是个令多少人无法正面回答的问题。

有不少同志心情浮躁、急功近利、怨天尤人，稍有不顺心就迁怒社会，稍有不如意就埋怨组织。我们局里同样也有这样的现象存在，主要意见就是"不关心干部""用人不公让老实人吃亏"。这里我觉得有必要与大家沟通交流一下。

"不关心干部"问题，指的主要是提拔使用干部的问题。这个问题我感觉应该是少数人提出来的。因为，为了大家的政治待遇，配置岗位资源，局党组可谓绞尽了脑汁，费尽了心血。这些意见还是有些有失客观公正的。

关于"用人不公，让老实人吃亏"的问题。首先，应该承认，在用人问题上，我们没有做到百分之百的准确，更难以百分之百让人满意。但我可以负责任地说：在干部的使用上，我们局党组的原则性是很强的，程序是很规范的。一是群众推荐不入围不提拔。二是考察的意见，分管领导和人教科完成。有同志说，没见局长找人谈话。这就有所不知了，一把手不能直接管人、管钱啊！在局机关，我何时批过钱，何时对人封官许愿过？即使是讨论任命了干部，我也没找人说过。三是拿出方案，定出初步方案，我听汇报，一把手负总责，再上党组会决定。至于是否尽如人意？难！能八九不离十就不得了了。至于"让老实人吃亏"这一说，我觉得恐怕有失公允。党组如何把关，我就不说了，我想表白的是，我为人做事，追求的就是"公正公平"，我也不是欺弱怕强之人，我深知"公平正义比太阳更有光辉"的道理。所以每年的预算，我强调"限高托低"，不让"弱势单位"吃亏；对于每年的外出考察学习，我多次要求人教部门，一定要优先考虑默默无闻、很难有机会的同志。提拔使用干部，我的确让不少动用关系、打招呼施压的人哭过鼻子……一句话，就是想让那些想做事、能做事、

第六章 楼台近水

做得成事的老实人有机会不吃亏。

回到感恩的正题中来吧。我们现实中确实有那么一些"吃不得一点亏"的人，嘀咕的问题常常是："同时当副科长，为什么他先提正科？同是正科，凭什么他到支出科室我到综合科室？领导为什么重视他，不重视我？"好像世上之人唯有对他不公，欠了他的。一天到晚让埋怨之声埋没了自己，让嫉妒之火焚烧着自己，从不找自身原因，更说不上感恩社会、感恩组织。你说这样的同志会有好的前程、好的未来吗？

懂得感恩的人，才会有美好的未来，那是因为懂得感恩的人，他有正思维、正心态、正能量，他会有工作的原动力和激情，他会把同事的关心、组织的关心当作前进的动力，他不会急功近利，而总以感恩心情处理人和事，以扎实的工作、优秀的品格赢得人们的信任与认可，从而走向更好的未来。

用感恩的心情对待一切人和事吧！你一定会有好的心情、好的人缘、好的未来。

（四）最精彩的人生就是战胜自己

最近，读了韩国总统朴槿惠《遇见我人生的灯塔》的演讲。她说《中国哲学史》让她领悟到了如何自正其身，如何善良正直地活着。朴槿惠的父亲是1979年被刺的总统朴正熙。他在任期间，韩国最偏远的农民都住上了青青的瓦房，全国人均收入翻了20多倍。这样的父亲都被下属射杀。问题的关键还在于全国竟掀起了"保杀手""反独裁"的浪潮。她对这一切无法理解，无法接受，她不明白给韩国带来经济飞跃的父亲为何不受国民的拥戴。读懂了《中国哲学史》后，她明白了，因为父亲有积极的社会功用，修养却没有达到足够的高度，不足以服众。朴槿惠没有纠结于对别人的愤怒，而是辩证地自我否定原有的思维定式，勇于承担责任。这篇演讲给了我巨大的心灵震撼，颠覆了我很多的观念和想法。

比如，我曾经给大家说过："当官三年狗都嫌，何况人乎？"

我原来的理解是：当领导尤其是一把手，你总会得罪人，一年得罪一点，三年叠加就会一大批，所以人家嫌我这是自然的。现在想想，这是一种推卸责任的说法。人家为何嫌你？有可能是你的能力水平跟不上，黔驴技穷，江郎才尽；有可能是工作方法有问题，处事不公；有可能是工作激情不如以前，责任心不强。总之，你得找自身原因，而不能推责于人。

还比如，2007年，我刚来财政局仅仅两个月，测评时就丢了5票，当时感到有点儿难堪。心想，如人所言，财政局真的是复杂啊，过去我无论是当乡镇党委书记，还是当县委书记、县长，岗位测评都是满票，为什么一来财政局就丢票呢？现在我能正确认识到，这不是这些同志故意刁难我，而是这些同志政治素质高，民主意识和忧患意识强，对我这个准局长能不能带领大家把财政工作做好、把财政团队带好，心存疑虑，所以没投优秀票。这也恰恰给了我将压力变动力的基础。我只有使出浑身解数履行好职责，才有可能赢得大家的信任。

再比如，有个别同志提出的有失客观公正的意见，有人说我"用公款请客拉票"。如果说职务行为可能不可避免，但如果说为自己拉票恐怕我得说清楚。前年底，为了实现组织明确让我不当选省人大代表的意图，我派办公室的同志专门劝人不要投我的票。有人说我为了自己的升迁，请人"调风水"。早几年为了创文明单位，确实换了门口一对不匹配的狮子，买了两块石头（当时也是领导的要求），做了个屏风，将各楼层和四楼美化了一下，但要冠上个"为了升迁调风水"，恐怕有些牵强。

所以，我们要反思自己。任何事物只要辩证地看，或者换个角度用积极的态度去思考，你就能释然，就不会纠结。就如前行道路的石头，它是客观存在的，你把它当作绊脚石，它就阻碍你前进；你把它当作台阶，踏上它就能助你登高望远。因此，最精彩的人生就是与自己斗争，与自己斗争就是要与自我主义斗争。战胜自我，人生必定精彩。

第六章 楼台近水

（五）让遵纪守规成为一种习惯

毛泽东同志说过，"没有严明的纪律，就不可能有严谨的工作作风；没有严谨的工作作风，就没有组织的权威"。全市正在深入开展正风肃纪、提升机关办事效率等"五个专项行动"，这充分体现了市委"用铁的纪律带出铁的队伍"的坚定决心和严肃态度，抓住了干部作风建设的切入点。

6月，我局有4名同志由于工作时间行为不规范，被纪检部门暗访抓了现场，多家媒体也进行了曝光，对我局整体形象造成了影响。局党组通过认真研究，对这4名同志进行了通报批评，这几个同志还是能够正确对待批评的。批评是一种手段，目的是教育更多同志不被批评。为了积极响应市委的号召，局党组决定在全局开展"正风肃纪、问责提效"专项整治行动。这不是一阵风，是一项长期性的工作。希望同志们一定要严肃认真地对待这个问题。

这次党的群众路线教育实践活动中，很多同志提出了"制度出台多，执行不够到位"的问题，我想这也是我们在整改落实中的一项回应。

还有同志给我提意见说："对干部管理失之于宽、失之于软。"我表示虚心接受。一直以来，我奉行一种和谐理念，别看我讲话咋咋呼呼，很是严厉，这些年我还真没处理过谁，这恐怕也让一些同志产生了错觉。

不过，我还是相信纪律和制度的约束力，相信大家的自觉性，都把遵纪守规当作一种习惯。我想，当你把遵纪守规当成一种习惯，那么，纪律也好、制度也好，都只会是前行的"标杆"、依法行政的"保护伞"和人生的"护身符"，你会过得轻轻松松和从从容容。反之，你就会时时处处觉得不自在。

带着身边的感动，带着内心的感激，带着特别的感受，今天，我抛开一切私心杂念、恩怨是非，把心里的话能讲的、不能讲的都讲出来了，与大家沟通，不一定能得到所有人的认同，是非曲直，任人评说，不求尽如人意，但求无愧于心。

就此机会，还有一个情况想跟大家交个底。几年前我经常说的一句话：队伍建设要两手抓，一手抓"口袋"、一手抓"脑袋"。而在如今的形势下，这些方面也是我内心最纠结的问题。"文明单位"的奖牌到手了。攻城容易守城难，这个团队的优良作风如何持续？提拔干部的空间越来越小，干部的积极性如何调动？机关进人受到严格限制，干部队伍的年龄结构如何优化？过去的一些奖金福利不能发了，干部的福利待遇怎样改善？这些问题，都是局党组要认真研究解决的问题，也需要全局干部献计献策。

最后，我想引用香港中文大学校长沈祖尧《如何不负此生》的演讲里面的话来结束今天的发言。沈祖尧在给即将走向社会的毕业生的毕业致辞中，表示对学子们的最大期望就是"过不负此生的生活"，什么样的生活是不负此生的生活呢？他说要"俭朴地生活、高尚地生活、谦卑地生活"。让我们过俭朴的生活，拥有高尚的情操，存谦卑的心理吧，你的生活一定会非常充实而快乐！

第三节　组织嘉勉鼓力

在财政局不断获得各种荣誉称号的同时，我也沾了不少光，先后获得了"全国第二次经济普查国家级先进个人""湖南省先进工作者"等荣誉。2012年5月，我还赴长沙参加了省委省政府隆重举行的"全国五一劳动奖章"授奖仪式。"全国五一劳动奖章"是个崇高的荣誉，的确值得高兴，值得庆贺。然而，高兴之余，我陷入了沉思之中。我凭什么能获得这枚沉甸甸的奖章呢？凭在市委、市政府的领导下，株洲经济跨越发展、财政局有实力支持全市的经济社会发展和民生实事的落实；凭社会各界对财政工作的理解支持，毕竟资金有限事业无限啊；凭财政局这个充满激情活力的优秀集体，是这个团队将我推上了折桂的平台。当然，这也是市总工会的极力推荐。总之，是"楼台近水"的财政平台给了我无限的荣光。

第六章　楼台近水

这个奖章是颁发给我的，但更是奖给市财政局这个集体的。这是我的肺腑之言，不是矫揉造作，更不是忸怩作态。回顾自己走过的路和心路历程，完全可以说明这一切。

我没有光环的预期。出生在农村的我，对自己的人生根本谈不上什么规划，有的只有工作责任的驱使。面对未来的路，我觉得自己就如蜗牛一样不断努力爬行，像过河的卒子一样奋力前行。记得参加工作的第二年，也就是1984年，乡党委明确我担任党委秘书。我表姐田姑听说后很高兴，不无激励和期望地说，要是能当县委书记的秘书那多了不起啊！我不敢奢望也就不敢接话。但两年后我当了县长下乡秘书，四年后又当了副科级茶陵县委常务秘书，七年后还当了副处级株洲市委常委秘书。这里我想要强调的是，我没有光环的预期，并不意味着我没有对前途和荣誉的追求，只是总觉得自己起点低、综合素质不够高，没有竞争实力，所以不敢好高骛远而已。所以，在得到某种光环时，往往有几分欣喜，又有几分受之有愧的压力，少了一分"不想当将军的士兵不是好士兵"的气概，多了几分"把事情做好不是为了受表扬，而是为了不挨批评"的顾虑。

没有骄人的业绩。一路走来，尤其是在财政局，我只是把每件事都做得尽心尽力而已。尽管我们总结了财政局的变化表现在：理财观念大转变、财政发展大提速、民生福祉大改善、财政监管大加强、队伍形象大提升，但怎么说也够不上惊天动地。更何况，这是来自方方面面的支持和全局上下共同努力的结果。话说2011年年底，市人大副主席兼任总工会主席王建之同志带队来财政局进行绩效考核。在例行考核完后，他与局里干部交流时发现，我主政后的财政局，无论是财政的业务建设，还是队伍建设，无论是局里的工作氛围，还是干部的精气神，都让他很受感染。特别是大家总是有意无意给了我很多肯定，于是，他以总工会主席的名义，要求局办公室给我写一份先进事迹的材料，说是要推荐为来年的"全国五一劳动奖章"人选。材料在征求我的意见时，被我扣下了。2012年4月初，市总工会又来催要材料，我又一次表示不接受推荐。因为我听说全省只有两个处级干部名额，我认为我的条件不够。后来听说省总工会要派人来考察，主管人教工作的局党委副书记殷静娟同志找我说："市总工会坚持要推荐，我们要认真配合一下，若能够推荐为'全国五一劳动奖章'获得者，这不单是你的荣誉，也是财政局和财政人的荣耀啊！"至此，我也就接受了殷静娟同志的意见。后来又听省总工会的领导说，正因为我没主动接受推荐，更没有找关系自我推荐，才更促成了省总工会党组推荐我的决定。最后，中华全国总工会通过了对我的审核，我也就非常荣幸地成为一名"全国五一劳动奖章"获得者。

没有陶醉的心情。获得奖章确实值得自豪，值得庆幸。然而，我总觉得自己付出得太少，获得的太多，有愧于"全国五一劳动奖章"称号之感。所以，我总是自豪不起来，更陶醉不起来，反而有一种无形的压力。

我知道，这种压力是源自自己的自我加压，是想以更高的标准要求自己，以无愧于闪闪发光的奖章。在接下来的日子，我一如既往地充满奋斗激情，处处事事以身作则，率先垂范。同时，我也要求全局干部也要始终保持奋斗激情，并将原来激发全局干部斗志的"争创全国文明单位，争做人民满意公仆"的标语，改成了"提升文明单位形象，争做人民满意公仆"。在全局上下的共同努力下，财政局各项工作也始终走在了全市市直部门的前列。

2014年12月，我被任命为株洲市人民政府副市长。在新的岗位，我继续以奖章激励自己、鞭策自己，要求自己做一个名副其实的"全国五一劳动奖章"获得者。

八年的财政工作，我不遗余力地奉献了自己的精力和心血，财政工作也让我将有限的聪明才智发挥到了极致。财政工作成就了我。未来，无论何时何地，我的财政情结将始终如一，且历久弥新。

跋一

八年风雨兼程　感谢有你相助
——写给亲爱的财政同事们

离开财政工作的这些日子，感觉轻松了许多，有些属于自己的时间了。华灯初上，和家人游览神农湖，漫步湘江风光带，真有一种心旷神怡的愉悦。然而，每当看到天上皎洁的明月，我就想起了你们，那一张张亲切熟悉的面孔；看到远处闪烁的霓虹灯，我就想起了火热的财政工作，那段激情燃烧的岁月。顿时，一种思念、感激之情陡然升起，有许多心里话想要对大家说，有许多感激的话想要对大家讲，可真要倾诉又不知该从哪说起，也不知该怎么表达。

岁月如梭快如风，往事如烟弹指间。在财政一晃已是九个年头、近八年时间。八年来，我与大家朝夕相处，情同手足，风雨同舟，荣辱与共。经历了坎坷，承受了压力，成就了辉煌，留下了回忆。

多少个日日夜夜，为完成收入任务，我们煞费苦心，流泪流汗；为突击临时任务，我们加班加点，通宵达旦；为加强财政管理，我们顶住压力，承受责难；为"三创五改""四创四化"，我们千方百计，不遗余力；为顾全工作大局，我们任劳任怨，委曲求全。我们就像老黄牛，苦也向前，累也向前，奋勇直前。我们更像孺子牛，批也无怨，骂也无怨，任劳任怨。到底流过多少汗，流过多少泪，吃过多少苦，受过多少难，恐怕连我们自己都记不清。

激水无涯——我在财政这八年

"苍天不负有心人，付出总会有回报"。在市委、市政府的正确领导下，在市人大、市政协的有力监督下，在社会各界的理解支持下，在大家的共同努力下，我们不仅有财政收入翻番的欢笑，也有财政管理改革成功的开心；不仅有获得各种荣誉的自豪，也有干部不断成长的喜悦。人活着不就是为了争口气，体现价值吗？这些年来，我们获得过"全国精神文明建设工作先进单位""全国文明单位"等光荣称号，每年的政绩考核都是名列前茅。试想，有什么比得到上级的肯定社会的认可、同仁的赞许更有意义、更有价值的呢？

一路风雨，一路欢歌。我们可以自豪地说，无论是含泪写下的微笑，还是含笑写下的忧伤，都是我们的真情实感，都是我们难以忘却的美好回忆。

"谁言寸草心，报得三春晖"。此时，我最想要表达的是，作为财政局局长，能够比较好地履行职责，能够比较圆满地完成这八年的使命，我由衷地感谢大家对我的关心支持、理解包容。八年相处，我深深地感受到，财政团队是我三十多年工作生涯中遇到过的特别能吃苦、特别能战斗、特别能奉献的最优秀的团队。有幸遇上大家，是我们的缘，更是我的福！

我清楚地记得，从未接触过财政工作的我，初来乍到时，业务怎么抓？队伍怎么带？工作怎么开展？我脑袋蒙蒙，两手空空，一筹莫展。是大家满腔的热情，真诚的相助，才使我有了充满激情的工作信心，有了"让正义的旗帜高高飘扬，让和谐的理念深入人心"的凛然正气，有了"争创全国文明单位，争做人民满意公仆"的雄心壮志，有了"激情成就梦想，奉献体现价值"的满怀豪情，等等。这些理念与举措让我们的财政工作风生水起！

如果没有大家的鼎力支持，没有大家的热情帮助，没有大家的积极配合，没有大家的主动作为，就不可能有财政八年来如此生动的局面，更就不可能有我获得"全国五一劳动奖章"的殊荣。是大家成就了财政事业，是大家成就了我！在此，我向大家深深地鞠躬，谢谢大家！

让我深感遗憾的是，八年来，尽管自己做了职责所系、力所能及的工作，但与市委、市政府的要求，与大家的期待还有不小的差距。由于受各种因素和条件的制约，更由于自己的学识水平、工作能力的局限，特别是由于工作方法，性格修养的不足，致使一些想做、该做的工作没有去做，一些工作也做得不够完美，不尽如人意，留下了一些不足和遗憾。

我想，如果自己学习再刻苦一些，或许决策水平和工作质量会更高一些；如果能挤出时间多听听大家的意见，或许考虑问题会更全面一些；如果自己性格温和一些，工作方法再灵活些，或许会避免批评人较多而伤害了同志感情，造成了个别同志的误解。在此，我向所有受过委屈的同志表示深深的歉意，谢谢大家的包容！

历史不能假设，时间不能倒流。如果可以，我真愿重新开始，再与大家共事八年，重塑一个让大家更认可的我，一个没有上述不足的我。尽管假设不能成为现实，但我的心、我的情、我的梦依然和大家连在一起。

财政局是我心灵的家园，我深爱着财政工作！

财政人是我情同手足的兄弟姐妹，我深爱着大家！

祝愿财政的明天更加美好！

祝愿大家天天开心愉快！

谭可敏

2015年5月

跋二

岁月如歌，时光似水。转瞬之间，我退休已经一年多了。告别繁忙的工作，时间很充裕，朋友见面问得最多的是："平时干点啥？"我则如实笑答："回老家看看老爷子，在家带带孙子，偶尔也爬爬'格子'。"

我之所以在退休后还来爬"格子"，原因之一是为了"承诺"。在株洲市财政局工作期间，我先后策划、主编了《静水激流》《若水情怀》两本书，获得了同事、友人们的认可。不少人建议：再写一本书吧，合为"水"之"三部曲"。我深以为然。只因工作岗位的变动，而没能及时完成。退休后，耗费一年多时间，爬出的《激水无涯——我在财政这八年》这本拙作，算是兑现了自己的承诺。当然，也是想要表达自己对八年激情财政工作的不尽怀念。

文章之事，得失寸心。我为什么要以带"水"的字给三本书命名？我出生、工作生活过的地方，有三条江，洣江、湘江和雅江（雅鲁藏布江），她们分别是茶陵、湖南和西藏的母亲河。三条江哺育我、滋养我，给了我澎湃的激情、尚水的品格和无穷的力量。古人说，"水主财，财为水"。在财政工作八年，更让我与"财政之水"结下不解之缘。《静水激流》展示的是株洲财政机关文化建设的实践与担当，它依托一个个真实、鲜活的事例，生动而又具体地反映了财政工作者的所思所虑、所作所为，讲述的是株洲财政人日常理财实践中看似波澜不惊的一件件小事，背后却凝聚着株洲财政人自觉践行"为国理财，为民服务"宗旨所付出的智慧和心血。《若水情怀》是财政人对待工作和生活且行且思的点滴感悟与思考。在这里，记录的是财政人的喜怒哀乐、酸

激水无涯——我在财政这八年

甜苦辣，反映的是财政人在平凡的工作岗位上为株洲经济社会发展默默耕耘、无私奉献的职业精神，在平凡生活中积极的人生态度。《激水无涯——我在财政这八年》则是本人在财政九个年头近八年工作中的所经所历、所作所为、所思所想。

水本无华，相荡生花。《激水无涯——我在财政这八年》一书，饱含着我对八年激情财政工作的不尽怀念，表达了我与财政同仁共勉共进的深厚情谊。全书共六章，"中流击水"讲的是人到中年的我从进入"水深流急"的财政初始，自己的心路历程，对财政工作的认知和对团队建设的理念；"源头活水"讲的是生财、聚财、用财、管财的理财理念与作为；"上善若水"讲的是以人为本、与人为善的服务理念；"裁云剪水"讲的是履好职、搞好服务的工作技巧；"乘高决水"讲的是借助方方面面的力量，推动财政事业发展的方法；"楼台近水"讲的是站在占得地利之便的财政这个平台上，获得与付出的点滴感悟。在写作过程中，我尽可能地用自然贴切的语言来叙述自己的亲力亲为。谈工作，也谈人生；谈经验，也谈教训；谈方法，也谈技巧；谈体会，也谈感悟。尽管可能言不达意，却也是用心用情。

往事如昨，历历在目。《激水无涯——我在财政这八年》是在本人一次讲课稿的基础上充实完善而成。那还是2013年，省财政厅举办新任财政局局长培训班，邀我讲堂课，推辞不脱后，只能从命。课后反响不错，不少人通过各种途径索要讲稿。时任省财政厅培训中心主任的赵传成同志建议我整理一下作为干部培训教材。因工作繁忙，后又到市政府履新而未果。退休后，我与市文联党组书记刘文星谈及此事。文星同志非常赞赏，并极力支持我整理出版。今年9月，中国社会主义文艺学会当代文艺工作委员会决定增补我为该委员会副主席，并全力支持出版。于是，便有了此作的问世。在《激水无涯——我在财政这八年》的写作过程中，曹理微、胡开金、叶晖、王翔、李拥军、金宏君、汤智勇、尹晓文、林李平、邹军诚、胡光勇、罗伟等同志做了不少基础性工作，提供了很多好的意见和建议；刘文星、唐璐、倪锐等同志奔前忙后，给予了大力支持。在此一并致谢。这本工作纪实

跋二

性的拙作，讲的是真人真事，涉及的是领导和同事，因此，写作时我努力做到不虚构、不粉饰、不夸张，尊重客观事实。但由于记忆久远和本人水平有限，错漏之处在所难免。诚望各位领导、同仁、读者批评指正。

谭可敏

2023 年 12 月 5 日于株洲